I0686216

NOUVELLE ANALYSE

COMPLÈTE

DE

LA SOURCE DES TROIS CÉSARS

AULUS (ARIÈGE)

Par le Dr Félix GARRIGOU

TOULOUSE

TYPOGRAPHIE DURAND, FILLOUS ET LAGARDE

RUE SAINT-ROME, 44

—

1884

NOUVELLE ANALYSE

COMPLÈTE

DE

LA SOURCE DES TROIS CÉSARS

AULUS (ARIÈGE)

NOUVELLE ANALYSE

COMPLÈTE

DE

LA SOURCE DES TROIS CÉSARS

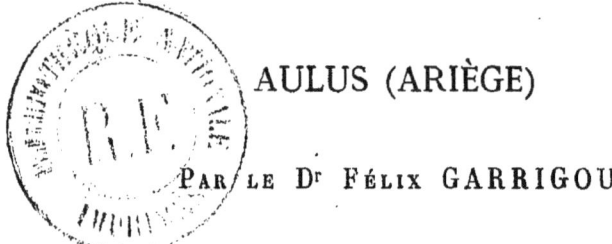

AULUS (ARIÈGE)

Par le Dr Félix GARRIGOU

TOULOUSE

TYPOGRAPHIE DURAND, FILLOUS ET LAGARDE

RUE SAINT-ROME, 44

—

1881

Nouvelle analyse complète de la source des Trois Césars, Aulus (Ariège).

La compagnie propriétaire des eaux d'Aulus voulut bien me charger, en 1874, de faire une étude des sources alimentant son établissement thermal, et qui ont fait la réputation de la station. Cette étude fut terminée la même année.

Lorsque l'eau qui servit aux analyses de cette époque fut puisée, les captages des sources n'étaient pas encore achevés. Ce fut donc dans les puisards creusés à 5 mètres environ dans le sol, que je pris moi-même l'eau destinée à mon travail de laboratoire. Les résultats de cette première analyse ont été livrés à la publicité par la Société des Eaux d'Aulus.

Deux ans après que les sources eurent été captées, et alors que depuis deux ans on leur avait fait, par leur propre force ascendante, regagner le niveau auquel elles étaient autrefois exploitées, la même Société propriétaire me chargea encore d'une seconde grande analyse.

Il y a quatre ans, enfin (1877), la Société propriétaire me demanda de faire, en vue de l'Exposition universelle de 1878, une nouvelle grande analyse, que je devais accompagner de faits et d'observations cliniques pouvant servir à compléter les observations faites avec un esprit judicieux et pratique, par le modeste et savant docteur Bordes-Pagès.

Il s'agissait d'être utile à une station de mon département pour lequel, on le sait, j'ai toujours professé un véritable culte. J'acceptai donc la tâche qui m'était encore demandée, et je voulus profiter de l'Exposition universelle pour montrer combien l'étude chimique des eaux minérales pouvait devenir sérieuse, lorsque l'on conduit cette étude avec tout le soin que mérite un semblable sujet.

« Non, avais-je dit souvent aux jeunes travailleurs qui fréquentent mon laboratoire et à mes auditeurs dans mes conférences, l'on ne sait pas ce que c'est qu'une eau minérale; on ne connaît pas toutes les parties des éléments qui la composent; dans les analyses on a perdu, faute de la connaître, la portion qui renferme les éléments dont le rôle est peut-être le plus actif, et par suite de ce manque de soin, de cette absence d'idée, qui aurait dû faire arriver à soupçonner l'existence de ces éléments, on a privé l'hydrologie de connaissances pouvant lui être fort utiles. Il faut que l'analyse d'Aulus, entreprise sur une grande échelle, soit le point de départ pour l'hydrologie française d'une marche nouvelle dans l'analyse des eaux minérales, il faut retirer de l'eau des Trois Césars tous les éléments que nous pourrons y trouver, les isoler, et montrer ainsi aux chimistes et aux médecins que les corps annoncés dans l'eau d'Aulus y existant réellement y jouent sans doute un rôle utile. »

Je n'ai jamais eu, en tenant ce langage, la prétention de dire que nous expliquerions, par la présence seule des corps isolés, l'action des eaux d'Aulus, pas plus que je ne crois possible d'expliquer dans certains cas l'action des autres eaux minérales par la présence de tel ou tel élément isolé. Les eaux minérales forment chacune un tout qu'il est difficile de définir comme espèce; elles doivent agir d'une manière différente suivant les tempéraments, suivant les constitutions, suivant les impressionabilités individuelles à telle ou telle substance, etc., et cela, non d'une manière fixe, ainsi que le plus grand nombre des médecins semblent le croire, mais d'une manière variable suivant les traitements antérieurs, suivant les changements physiologiques et pathologiques survenus chez le même individu à différentes

époques de son existence, et suivant aussi le degré de varia-
bilité des sources ainsi que de leurs éléments constitutifs.

C'est aussi, en partie, le désir de faire une recherche
géogénique utile qui m'a poussé à entreprendre l'analyse
d'Aulus sur une plus grande échelle que je ne l'avais fait
jusqu'ici. J'ai pris 4,000 litres d'eau pour pouvoir faire largement ma recherche, et pour donner encore à un grand
nombre de savants une portion des résidus constamment re-
jetés comme inutiles dans toutes les analyses, résidus dans
lesquels j'ai trouvé que se cachaient, contrairement à
toutes les lois de la chimie hydrologique, les éléments les
plus intéressants d'une eau minérale.

Quatre kilos de ces résidus, que tous les chimistes né-
gligent d'examiner dans leurs analyses ordinaires, sont à la
disposition de tous ceux qui voudront vérifier l'exactitude
des faits que j'avance dans ce mémoire. Et dans le cas où
l'on voudrait vérifier directement sur l'eau ces mêmes résultats, la marche suivie sera décrite ici d'une manière assez
exacte, pour que chacun puisse voir par lui-même que l'état
aussi complexe que je le dis, non-seulement des eaux d'Aulus, mais encore des eaux minérales en général, est bien une
réalité qu'admettent les géologues et les minéralogistes de
tous les pays, mais que quelques chimistes et certains médecins français, trop peu versés dans les connaissances spéciales du sujet que je traite, rejettent un peu à la légère, et
peut-être par parti pris.

La marche suivie dans la nouvelle analyse d'Aulus dé-
montre d'une manière absolument vraie des irrégularités in-
connues dans l'action des réactifs ; elle prouve aussi que
certains dosages faits en suivant les procédés les plus classiques sont complètement faux. Tels sont ceux d'abondantes
quantités de chaux et de magnésie, par exemple. En mon-
trant le défaut, j'ai pu donner le moyen de le guérir.

Ce travail, je le sais d'avance, ne convaincra pas tous les
hydrologistes ; mais il servira du moins à attirer l'attention

de quelques-uns, surtout de ceux qui cherchent la vérité en dehors de toute question de personne. Il servira aussi à augmenter la confiance de ces jeunes gens qui, étant sûrs de ce qu'ils ont vu par eux-mêmes en travaillant avec moi, sont destinés par les études spéciales auxquelles ils se livrent, à faire progresser l'hydrologie française.

Puisse la persistance que je mets à poursuivre mes recherches, malgré tous les obstacles qu'on leur a suscités, leur servir d'exemple, pour qu'ils ne se découragent jamais dans le cas où ils trouveraient sur leur route des savants puissants guidés par la triste pensée de leur barrer le passage et d'enrayer leurs recherches. L'idée du bien, l'idée de la grandeur de la science française, à laquelle tout Français doit prêter son concours dans les limites du possible, devra leur servir de guide, de même que la satisfaction d'avoir concouru à un résultat utile et pratique sera pour eux la première et la meilleure récompense de leurs efforts.

Marche de l'analyse.

Nous avons puisé à la source, dans des bombonnes parfaitement propres et lavées à l'eau minérale, 4,000 litres d'eau, que nous avons fait porter à notre laboratoire de Toulouse et que nous avons soumis à l'évaporation complète, dans une grande capsule en platine d'une part, et d'autre part dans une grande capsule en porcelaine. Cette évaporation faite au gaz, dans une pièce fermée et à l'abri des poussières, a fourni un résidu blanc un peu jaunâtre recueilli, à mesure qu'il se formait, au moyen d'une cuillère en porcelaine, percée de trous, et accumulé dans des cristallisoirs de verre. L'opération, commencée dans les premiers jours du mois de mai 1877, n'a fini que vers le commencement du mois d'octobre.

A ce moment le résidu, séparé des eaux mères, parfaitement séché et pulvérisé, a été soumis à des lavages répétés à l'eau

bouillante, de manière à séparer complètement les parties
solubles des parties insolubles. On n'a arrêté ces lavages
que lorsque l'eau qui traversait le filtre n'entraînait plus
que du sulfate de chaux. Il a fallu plusieurs semaines pour
arriver à ce résultat. On a joint les eaux de lavage aux eaux
mères.

Nous avions donc dans ces conditions, d'une part tous les
sels solubles, d'autre part tout le résidu insoluble. Chacun
de ces produits a été étudié séparément.

1° Partie soluble (poids 995 grammes).

Le liquide a été évaporé à sec et traité, après pulvérisation,
par de l'alcool bouillant. Cet alcool a séparé de la masse
énorme de résidu salin plusieurs substances, parmi lesquelles
il y en avait une qui colorait fortement l'alcool en jaune
ambré. Les lavages n'ont été cessés qu'au moment où le liquide paraissait être complètement dépourvu de cette coloration et, par suite, de cette substance.

Le résidu ainsi lavé à l'alcool ayant subi une dessiccation
complète, a été calciné dans une cornue de porcelaine, au
rouge sombre. Pendant cette calcination il se dégageait une
petite quantité d'eau à réaction nettement acide, et dans laquelle, nous reviendrons plus loin sur ce sujet, nous avons
constaté la présence de l'acide sulfurique. L'odeur des gaz
dégagés était sensiblement empyreumatique.

Enfin la cornue ayant été refroidie lentement, on l'a
cassée, et le résidu traité par l'eau distillée a légèrement
coloré celle-ci en brun. La partie soluble de ce résidu a pu
être séparée par filtration de la partie insoluble (sulfate
de chaux) qu'on a joint à la première masse insoluble de
l'évaporation totale pour pouvoir les traiter ensemble.

Les sels solubles de cette première calcination ont été obtenus à l'état solide par l'évaporation, et on les a traités par
l'acide chlorhydrique. Il s'est produit une effervescence lé-

gère, mais cependant très-accusée. Une nouvelle évaporation à siccité du liquide ainsi obtenu a permis de chauffer le résidu au-dessus de 100° pendant une demi-journée environ, afin de rendre insoluble la silice précipitée par l'acide chlorhydrique. En même temps que la silice, il s'était précipité une certaine quantité de sulfate de chaux qu'on a séparé par filtration à la pompe, de manière à avoir à le laver le moins possible. On a réuni ces deux substances à la masse insoluble primitive.

Le liquide acide filtré a été ensuite traité pendant vingt-quatre heures par un courant d'acide sulfhydrique. Il ne s'est produit qu'un précipité très-léger que nous avons cependant recueilli et que la méthode des flammes de Bunsen nous a permis de caractériser de suite comme étant formé par des traces d'arsenic et de plomb. Le liquide séparé de ces deux sulfures, rendu alcalin au moyen de l'ammoniaque, a été ensuite traité par le sulfhydrate du même alcali. Il ne s'est produit qu'un très-léger précipité noir dans lequel nous avons constaté simplement la présence du fer par les procédés les plus ordinaires. (Dissolution du sulfure dans l'acide chlorhydrique au $\frac{1}{10}$, oxydation du sel de protoxyde par l'acide nitrique en faisant bouillir, précipitation à l'état d'oxyde au moyen de l'ammoniaque, dissolution de cet oxyde dans l'acide chlorhydrique et traitement par le ferro-cyanure de potassium qui a donné un précipité bleu caractéristique.)

Dans le liquide séparé du sulfure de fer ont commencé une série d'opérations fort curieuses dans leurs résultats, et en même temps fort instructives pour la marche de l'analyse quantitative.

En effet, ce liquide, ainsi séparé du sulfure de fer, a été traité à chaud par un grand excès de carbonate d'ammoniaque, de l'ammoniaque en excès ayant été ajouté avant ce réactif. Chose étonnante, il ne s'est précipité que des traces d'un carbonate, reconnu au spectroscope comme ayant la

chaux pour base. On a évaporé alors le tout à siccité, de manière à rendre à la fois la chaux et la magnésie insolubles.
Quand on a repris le résidu sec par de l'eau distillée, celle-
ci a tout dissous de nouveau moins une très-faible portion
de ce résidu.

En présence de ce résultat, et la connaissance préalable
de la composition des eaux d'Aulus nous laissant la convic-
tion que ces eaux renfermaient de la magnésie en quantité
considérable, nous avons pris dans un tube à expérience une
petite quantité du liquide en examen, et nous avons versé
en même temps dans ce tube du phosphate d'ammoniaque. Ce n'est qu'après avoir ajouté un excès très-notable de ce réactif, qu'il a commencé à se produire un précipité allant ensuite en augmentant à mesure qu'on ajoutait
e phosphate. Le liquide du tube a été alors jeté dans le vase
contenant la masse dans laquelle il avait été puisé, et l'on a
ajouté aussi à la totalité de ce liquide une grande quantité
de phosphate d'ammoniaque, grâce auquel nous avons obtenu un abondant précipité que nous avons cru contenir
toute la magnésie ; ce précipité a été séparé du liquide par
filtration et conservé. (Précipité *a*.)

Le liquide que nous avons ainsi supposé ne plus renfermer que la soude et la potasse, contenant, d'après nos cal-
culs, une grande quantité de cette dernière base, nous a
paru pouvoir être traité par un réactif, que dans ces conditions nous avons cru aussi sûr que le chlorure de platine,
pour séparer la totalité de la potasse. Nous avons, à cet effet,
employé un excès d'acide perchlorique, qui nous a permis
de recueillir, par évaporation à siccité, une quantité très-
notable de perchlorate de potasse insoluble dans l'eau que
nous avons ajoutée pour redissoudre les autres sels. Après
une filtration pour séparer le perchlorate de potasse, nous
étant aperçu, au spectroscope, que le liquide filtré renfermait
encore de la potasse après la précipitation et n'ayant plus
d'acide perchlorique à notre disposition dans ce moment,

nous avons ajouté, en excès très-notable, de l'acide tartrique, et nous avons de nouveau concentré le liquide dans lequel il se produisait déjà à froid un précipité notable sous forme cristalline. L'évaporation à sec nous a fourni une masse que nous avons cherché à redissoudre dans l'eau distillée, mais qui ne s'y est redissoute que très-incomplètement. Le résidu insoluble séparé par filtration du liquide que nous appellerons A et renfermant la soude, ayant été examiné au spectroscope, nous a montré la raie α très-marquée de la potasse, et les raies α et β un peu passagères de la chaux. Ce résidu cristallin a dû alors subir une série d'opérations afin d'isoler complètement la potasse.

On l'a calciné fortement, puis il a été traité par l'eau distillée dont le contact a fait développer une chaleur considérable dans la masse. Celle-ci n'ayant pas été complètement soluble dans l'eau, on a ajouté un peu d'acide chlorhydrique qui a tout dissous, et l'addition de carbonate d'ammoniaque a produit alors, sans concentration, un précipité qu'on a recueilli sur un filtre et qui nous a paru composé de carbonates de chaux et de magnésie. Ce précipité a été par mégarde joint plus tard, avant son examen complet, à d'autres précipités de magnésie que nous allons avoir à examiner bientôt.

La liqueur filtrée contenant la potasse, et nous paraissant encore pouvoir contenir de la magnésie, d'après l'abondance du précipité précédent, nous avons ajouté de l'ammoniaque et un excès de phosphate d'ammoniaque. Il s'est produit aussitôt un abondant précipité blanc, que nous avons recueilli sur un filtre seulement vingt-quatre heures après sa formation. Nous l'avons conservé. (Précipité *b*.)

Dans la liqueur filtrée, nous avions la potasse à l'état de chlorure et l'excès de phosphate d'ammoniaque. Pour la débarrasser de cette dernière substance, nous avons traité par un excès d'acétate de plomb, qui a précipité de l'acide phosphorique à l'état de phosphate de plomb, et du chlore à l'état de chlorure, puis, un courant d'acide sulfhydrique dans le liquide filtré a précipité l'excès de plomb encore à l'état d'acétate et celui qui se trouvait à l'état de chlorure (sensiblement soluble). Après la filtration du liquide, qui ne renfermait plus que la potasse et l'excès de sels ammoniacaux, on a évaporé à sec et chassé les sels ammoniacaux en chauffant. On a repris le résidu par l'acide chlorhydrique et l'eau. A ce moment de l'opération, la solution contenant le chlorure de potassium a été renversée et malheureusement perdue.

Restait la soude dans le liquide A que nous avons laissé de côté depuis quelques instants. Ce liquide nous ayant paru coloré en jaune ambré, nous avons supposé qu'il renfermait encore des métaux que l'acide sulfhydrique et le sulfhydrate d'ammoniaque n'avaient pas primitivement précipités. On a fait passer alors de nouveau pendant huit heures un courant d'acide sulfhydrique qui a fourni un précipité brun chocolat. Pendant trois jours on a attendu que la substance soit réunie au fond du vase, puis on a filtré le liquide. Les sulfures examinés par la méthode des flammes ont fourni, d'après ce procédé de Bunsen, les réactions on ne peut plus nettes du mercure et de l'arsenic. (Les gouttelettes de mercure étant parfaitement visibles à la loupe après le traitement du beschlag par le sulfhydrate d'ammoniaque.) On obtenait en même temps des réactions se rapportant à celles que donne le plomb, mais elles n'étaient pas aussi nettes que les premières, celles de l'arsenic et du mercure.

Le liquide A, ainsi séparé des sulfures que nous venons d'examiner, a été traité par un excès d'ammoniaque qui n'a produit aucun précipité, la liqueur s'est seulement un peu foncée. Nous avons encore ajouté un excès de carbonate d'ammoniaque et ensuite d'oxalate d'ammoniaque, pour précipiter la chaux et la magnésie que nous pensions pouvoir exister encore dans le liquide. Ces réactifs n'ont absolument rien produit. Ne nous fiant pas cependant à ces résultats, en présence de ceux que nous avions obtenus avec le liquide renfermant encore la potasse, nous avons évaporé à sec deux gouttes du liquide et le résidu examiné au spectroscope nous a permis de conclure à l'existence dans le liquide d'une quantité très-faible de chaux et probablement de beaucoup de magnésie.

Quelques centimètres cubes de la liqueur A ont alors été mis dans un tube à expérience. Ce n'a été qu'après l'addition d'une quantité très-considérable d'ammoniaque (presque autant que du liquide) que nous avons vu se produire brusquement un précipité très-abondant, blanc, cristallin. La même expérience répétée une seconde fois nous a donné un résultat semblable. Réunissant alors les liquides d'essai à la liqueur mère A, nous avons vidé dans celle-ci (1) de l'ammoniaque, et ce n'est qu'après avoir ajouté plus de deux litres de ce réactif, que le précipité a commencé à se former. Il est devenu très-abondant par l'addition d'un dernier demi-litre d'ammoniaque. On a filtré, recueilli le précipité, et le liquide A a été finalement évaporé à sec et calciné. Ce résidu calciné, repris par l'eau distillée, s'est fortement échauffé, il s'est presque complètement dissous et a rendu l'eau acide. La très-faible portion restée insoluble et qui troublait simplement le liquide sans former de précipité a été négligée. On a ajouté au liquide de l'ammoniaque, encore du phosphate d'ammoniaque, et il s'est produit de nouveau un abondant précipité de phosphate ammoniaco-magnésien qui a été recueilli et calciné, et dont la couleur parfaitement blanche tranchait sensiblement avec celle des précipités a et b de même nature, obtenus dans le cours de la recherche de la potasse, et dont nous allons bientôt reprendre l'examen. Le liquide A, ainsi débarrassé de toute la magnésie et ne renfermant plus que la soude totale avec des sels ammoniacaux, a été évaporé à sec, le résidu calciné

(1) Le volume du liquide était d'environ 2 litres.

et repris par de l'eau a fourni la soude à l'état de chlorure de sodium et nous avons pu représenter ainsi sous cette forme la soude des 4,000 litres d'eau.

Les précipités *a* et *b* de phosphate ammoniaco-magnésien, recueillis dans le courant des opérations relatives à la séparation de la potasse, ont attiré notre attention à cause de la couleur brune qu'ils ont conservée, contrairement à ce qui aurait dû être, surtout en comparant ceux-ci au phosphate ammoniaco-magnésien produit pendant sa séparation de la soude, phosphate d'une blancheur irréprochable. Nous avons supposé, en conséquence, que ces phosphates *a* et *b* renfermaient des métaux que les différentes opérations de l'analyse n'avaient pas précipités, et qui, par conséquent, avaient fait exception aux règles chimiques reconnues comme étant les plus exactes. Ces phosphates ont été alors réunis et dissous dans l'acide chlorhydrique. Il est resté après la dissolution un résidu brun *c*, dont l'insolubilité dans l'acide chlorhydrique nous a frappé et que nous allons examiner bientôt. Le liquide séparé par filtration de ce résidu a été traité par un courant prolongé d'acide sulfhydrique; les sulfures ainsi obtenus ont fourni par l'examen à la méthode des flammes et avec la perle de borax, les réactions très-nettes du mercure, du plomb et du cuivre.

Quant au précipité brun *c* dont nous venons de parler, son étude nous a fourni les résultats suivants : 1° insoluble dans les acides chlorhydrique et nitrique séparés ; 2° soluble dans l'eau régale ; 3° précipité en brun par le sulfhydrate d'ammoniaque, dans lequel il se dissout en partie ; 4° précipité en jaune par les sels d'ammoniaque et de potasse. C'est donc par du platine qu'est constitué ce résidu brun.

Demandons-nous immédiatement d'où peut venir ce métal.

L'évaporation a été faite dans une capsule de platine, le résidu attaché à la capsule a été enlevé en grattant avec un couteau de platine; il a dû forcément se produire de la poussière de platine. Donc on peut supposer à la rigueur que le platine vient des suites de ce grattage. Mais, d'autre part, cette poussière de platine sera forcément restée dans la partie insoluble du résidu, et il ne pourra y avoir du platine dans la partie soluble qu'à la seule condition d'une production d'eau régale dans le sein du liquide pendant l'évaporation, ce qui aurait été la cause de la dissolution du métal de la capsule. Or, l'examen de l'eau pendant l'évaporation nous a donné constamment une réaction alcaline (1); il est donc peu probable que cette formation d'eau régale se soit produite et nous ait échappé.

Il nous semblerait donc naturel de tirer de notre série de résultats sur ce résidu c, les conclusions que la logique nous donnerait le droit d'en tirer. Mais, nous étant fait une règle de ne donner que des conclusions inattaquables dans notre recherche sur les eaux d'Aulus, nous dirons simplement, pour éveiller l'attention des chimistes qui seraient appelés à refaire après nous l'analyse des sources : il est possible que les eaux d'Aulus renferment du platine ; la recherche de ce métal devra y être faite avec le plus grand soin.

Qu'il me soit permis de dire, à cette occasion, que ce n'est pas la première fois que le platine a semblé se montrer dans la marche de mes analyses, depuis que j'ai étendu mes recherches hydrologiques à un grand nombre de sources minérales. La prudence m'a plusieurs fois empêché de signaler ce métal, mais je suis disposé aujourd'hui à croire que plusieurs des sources que j'ai analysées ramènent de nos jours encore du platine à la surface du sol.

Les données que nous fournissent la géogénie et la géologie nous permettent de nous arrêter sérieusement sur cette possibilité. Ne voyons-nous pas, en effet, d'une part les lacs chauds de l'Amérique servir encore de réservoir à des eaux

(1) Nous nous sommes, en effet, fiés à cette réaction naturelle du liquide, pour songer à rechercher l'iode sur la masse totale de la partie soluble des sels après l'évaporation.

chaudes dans le sein desquelles se dépose l'or si voisin du platine. Et d'autre part, les alluvions quaternaires, les terrains tertiaires supérieurs ne sont-ils pas les réceptacles des gisements d'or et de platine, métaux arrachés sans doute à des terrains plus anciens, mais déposés sous forme de filons à des époques géologiquement peu reculées ?

Cette première partie de mon travail me conduit à des observations pratiques que je tiens à développer immédiatement. De cette manière les documents précédents ne seront pas aussi éloignés de l'esprit du lecteur que si je renvoyais toutes mes conclusions à la fin de mon mémoire.

Il est certain que la chaux et la magnésie, sur bien des dosages faits dans le cours des analyses chimiques exécutées jusqu'à ce jour, n'ont pas été précipitées en entier, puisqu'on avait suivi des procédés fautifs quoique classiques, ainsi que le démontrent les observations précédentes. Donc, il faut se méfier de tous les résultats connus jusqu'à présent sur les quantités de chaux et de magnésie signalées dans les eaux très-calcaires et très-magnésiennes. Tous ces résultats sont trop faibles et les dosages des alcalis, de la potasse surtout, pour les recherches faites avant l'emploi du spectroscope, sont représentés, en général sans doute, par des nombres trop élevés.

En effet, ces mêmes résultats obtenus sur une grande échelle dans les opérations que je viens de décrire, s'obtiennent en petit quand on n'emploie que de faibles quantités d'eau. Car, en examinant au spectroscope les chloroplatinates de potasse recueillis dans le dosage des alcalis sur des sources assez fortement calcaires, on y trouve très-souvent des traces très-sensibles de chaux. De plus, tous les chimistes se livrant aux recherches savent avec quelle difficulté l'on sépare la magnésie des alcalis. Pour peu qu'on ait fait des analyses, l'on doit avoir remarqué que quel que soit le procédé suivi pour séparer la soude et la potasse, même dans les eaux renfermant seulement des traces insignifiantes de lithine, il reste toujours une substance qui trouble la solution des chlorures alcalins lorsqu'on les redissout dans l'eau après leur fusion dans la capsule de platine. Cette substance est de la magnésie qui a échappé à la précipitation, soit par les phosphates, soit par les carbonates alcalins, magnésie qu'on ne peut séparer des alcalis fixes que par l'addition, dans les solutions analysées, d'un grand excès des réactifs.

On pourrait dire qu'il y a entre ces combinaisons alcalines et terreuses ou alcalino-terreuses, une affinité qui ne peut être vaincue que par une action de masse du précipitant.

Et ceci, nous le verrons, n'est pas spécial à la magnésie et à la chaux ; nous prouverons plus loin qu'il est d'autres combinaisons presque impossibles à vaincre, à moins de faire intervenir d'autres forces qui rompent l'équilibre d'affinité les unes par les autres.

Et pour compléter les observations pratiques relatives à cette première partie de mon travail, rapportons-nous aux précipités a et b indiqués plus haut (phosphates ammoniacomagnésiens). Nous avons vu que ces phosphates renfermaient des métaux : plomb, mercure et cuivre. Cependant les traitements répétés par l'hydrogène sulfuré et par le sulfhydrate d'ammoniaque, faits dans les conditions de temps et de température où nous étions placés, auraient dû précipiter tous les métaux. Les procédés classiques que nous avons suivis semblaient devoir être une garantie pour l'exactitude des résultats. Il n'en a rien été cependant, et je puis affirmer que dans bien des cas il en est de même, ayant la certitude que tous les hydrologistes consciencieux se livrant aux analyses d'eaux minérales arriveront aux mêmes conclusions que moi, pour peu qu'ils se rappellent ce qui se passe dans les dosages de la magnésie et des alcalis également.

En effet, quelque soin qu'on ait mis à séparer les métaux avant d'arriver au dosage de la magnésie, dans une eau minérale on obtient généralement (1) un précipité de phosphate double que la calcination ne blanchit pas et qui reste plus ou moins coloré en roux ou en brun. Ceci dépend non pas du fer des cendres du filtre, ainsi qu'on le croit en général, mais des métaux renfermés dans l'eau, non précipités par les réactifs qui auraient dû les séparer des autres substances, et que l'action des phosphates alcalins employés comme précipitants de la magnésie, atteint et précipite avec cette base. Si alors, après ou avant la calcination, le phosphate double formé est traité par l'acide chlorhydrique, celui-ci dissout les métaux en même temps que le phosphate alcalino-terreux, et l'on peut alors séparer les premiers sans difficulté, soit par l'hydrogène sulfuré, soit par le sulfhydrate d'ammoniaque. On constate alors que si le fer existe dans les métaux trouvés, il y a aussi, comme dans le cas d'Aulus, du plomb, du mercure et du cuivre.

Après cette séparation, le phosphate ammoniaco-magnésien devient parfaitement blanc et peut être considéré comme parfaitement pur.

Mais ce n'est pas seulement là qu'on retrouve des métaux échappés à l'action de tous les réactifs. Il y a des métaux qui passent même avec les alcalis et qu'on ne peut en séparer qu'à grand'peine, même, je le crois, en suivant très-exactement les règles les plus classiques pour arriver à ce résultat. Donnons immédiatement la preuve de ce fait.

On prend une quantité suffisamment considérable d'une eau minérale et on en sépare les alcalis au moyen de la baryte. Ce procédé est classique et on le considère comme le meilleur avec raison, quand l'eau ne renferme que des quantités inappréciables de métaux. Dans ce cas tout, moins une partie de la magnésie, est précipité par l'hydrate de baryte, et il ne reste plus dans l'eau avec le chlorure de magnésium

---

(1) Lorsque l'eau ne renferme que des traces de métaux tout-à-fait insignifiantes, mon observation n'a pas sa raison d'être.

que des chlorures alcalins qui permettent d'avoir les alcalis avec exactitude. Mais pour peu que la quantité de métaux contenus dans l'eau soit notable, il y a des métaux qui échappent complètement à l'action de la baryte et qui s'attachent pour ainsi dire aux alcalis.

Un fait d'observation pratique va prouver combien mon assertion est exacte.

En effet, prenons une eau, comme celle de la Bourboule ou de Saint-Nectaire, par exemple, fortement chargée de métaux, nous la débarrassons par la marche ordinaire de l'analyse (acide sulfhydrique, sulfhydrate d'ammoniaque, carbonate d'ammoniaque), ou bien directement par la baryte, de tout ce qui peut être précipité. Après cela, nous fondons les chlorures alcalins dans une capsule de platine pour pouvoir les peser. Après la fusion, en outre que les chlorures redissous dans l'eau fournissent une solution troublée par de la magnésie, *les parois de la capsule sont complètement couvertes d'une couche irisée, souvent bleue ou violette, très-foncée* (1). Ni l'acide chlorhydrique, ni l'acide nitrique bouillants ne peuvent faire disparaître cette couche adventive, l'eau régale seule l'attaque, mais en dissolvant aussi du platine. Si, enfin, l'on fond dans la capsule du carbonate de soude parfaitement pur et qu'on se donne la peine de rechercher dans ce sel, dissous par l'acide chlorhydrique, les métaux qui peuvent alors s'y trouver, et qui n'ont pu être enlevés qu'aux parois de la capsule, devenues parfaitement nettes après ce lavage au carbonate de soude fondu, on y retrouve, soit par les procédés ordinaires, soit par le spectroscope et par la méthode des flammes de Bunsen, un nombre plus ou moins grand de ces métaux, et, chose extraordinaire, surtout des métaux volatils.

Ces métaux avaient donc échappé à tous les réactifs pour rester avec les alcalis.

(1) Cette couche est d'autant plus intense qu'on a agi sur une eau renfermant une plus grande q~~~ ~ ~~de métaux.

J'ajouterai, enfin, que lorsqu'on sépare alors la soude et la potasse au moyen du chlorure de platine, les métaux dont je. viens de parler, et qui accompagnent ces alcalis, se précipitent en partie avec le chloroplatinate de potasse. Car, lorsqu'on porte ce sel dans le spectroscope, on y voit nettement les spectres de quelques-uns des métaux précipités, et le procédé des flammes de Bunsen décèle avec une admirable netteté ceux qui sont facilement volatils : mercure, plomb, arsenic, etc... D'ailleurs, deux derniers faits, en dehors du spectroscope et de la méthode des flammes, peuvent autoriser quelquefois à affirmer l'existence de métaux étrangers au chlorure de platine dans le chloroplatinate de potasse formé. Ce sont : 1° la coloration souvent caractéristique de la flamme, quand on y porte le bâton de platine avec le chloroplatinate à examiner ; 2° l'altération de ce bâton qui fond en globules et devient cassant par le fait de la présence du plomb.

Que de fois, au début de mes recherches avec le spectroscope, j'accusais, en présence des faits que je viens de citer, le chlorure de platine d'être impur et de renfermer du plomb, du mercure, de l'arsenic, etc., tandis qu'en réalité, ainsi que je puis l'affirmer aujourd'hui, c'étaient les eaux analysées qui avaient fourni ces métaux. L'absence des métaux précédents plusieurs fois constatée dans le chlorure de platine, préparé par moi-même, ne pouvait que m'amener au résultat que je viens d'indiquer.

Il me sera donc permis, déjà même après ces premiers faits, de douter de la valeur de bien des analyses citées comme modèles dans les annales hydrologiques et qui ne présentent en réalité qu'une seule chose exacte : c'est leur inexactitude.

Je puis donc affirmer aussi que la méthode des analyses qualitatives sur de grandes masses d'eau a amené la découverte de faits inattendus et d'une utilité incontestable pour conduire avec une rigueur plus grande que celle que l'on avait eu jusqu'à ce jour, l'analyse quantitative des eaux minérales.

Examen de la portion des sels solubles dans l'alcool.

Nous avons dit précédemment que la portion des sels d'Aulus soluble dans l'eau avait été évaporée à sec et reprise par l'alcool, afin de dissoudre, en outre des sels solubles dans ce véhicule, toute la matière organique. Le liquide ainsi obtenu et les liquides de lavage joints ensemble ont été introduits dans une cornue, évaporés à sec, de manière à chasser l'alcool, et le résidu ainsi préparé a été repris par l'eau distillée.

Afin de se débarrasser de la matière organique, de manière à pouvoir en faire, si c'était possible, un examen spécial, on a traité le liquide par un excès d'acétate de plomb. Le précipité qui s'est formé avait une couleur rose tendre clair, et le liquide filtré était encore coloré en jaune, malgré l'excès du sel de plomb. Il y avait donc une portion de la matière organique qui n'avait pas été précipitée, puisque le liquide filtré avait une coloration attribuable à cette matière, et de plus il était probable que le sel de plomb insoluble resté sur le filtre renfermait presque toute la matière organique, car la coloration brune du liquide primitif avait beaucoup diminué.

Dans ces conditions nous avons cru devoir sacrifier la matière organique, afin de pouvoir faire la recherche des autres substances précipitées par le sel de plomb.

Nous avons, en conséquence, placé la substance précipitée dans une cornue de verre, et nous avons ajouté de l'acide sulfurique, puis chauffé. Il s'est dégagé des substances gazeuses que nous avons recueillies dans une fiole renfermant simplement de l'eau distillée. Nous avons traité le liquide ainsi obtenu par le nitrate d'argent, qui nous a fourni un précipité se dissolvant tout entier dans l'ammoniaque. Il n'y avait donc pas d'iode, il n'y avait que du chlore passé à l'état d'acide chlorhydrique.

Dans la portion restée insoluble dans la cornue, nous n'avons pas recherché la matière organique, puisque nous avions traité par l'acide sulfurique afin de dégager les acides qui pouvaient s'échapper à l'état gazeux. Dans ce cas, la matière organique étant carbonisée par l'acide sulfurique, nous ne pouvions espérer en avoir la moindre trace.

Il serait cependant fort intéressant de consacrer une recherche spéciale à cette matière organique, qui, nous n'en doutons pas, doit exercer une action des plus marquées dans le traitement thermal, et qui est certainement, dans bien des cas, l'une des substances actives des eaux minérales.

Le liquide séparé par filtration du précipité formé par l'acétate de plomb, a été traité par un courant prolongé d'acide sulfhydrique qui a précipité le plomb en excès. Après un repos prolongé on a filtré. Le liquide parfaitement limpide a été en partie évaporé à sec. On a passé le résidu dans une petite cornue de verre et l'on a ajouté de l'acide sulfurique, puis on a chauffé. Il s'est dégagé des vapeurs rutilantes annonçant la présence de l'acide nitrique. Les vapeurs ainsi dégagées se rendant dans un vase rempli d'eau distillée, on a pu constater dans ce liquide, au moyen du sulfate d'indigo, la présence de l'acide nitrique.

Le reste du liquide ayant permis cette recherche, fut saturé par de la potasse. En évaporant à siccité, chauffant au-dessous du rouge la masse saline, traitant par l'alcool bouillant, on obtint la solution d'une portion du résidu.

On évapora à sec le liquide alcoolique, on reprit dans une petite quantité d'eau le résidu salin et on le traita par de l'eau de chlore très-étendue et quelques gouttes d'une solution d'amidon. Celui-ci se colora nettement en bleu. Il y avait donc de l'iode.

Le résidu que n'avait pas dissous l'alcool fut à son tour

légèrement calciné. On le reprit ensuite par l'eau régale, après quoi on évapora à sec et l'on traita par de l'acide chlorhydrique étendu. Le liquide ainsi obtenu, traité par l'ammoniaque et par le sulfhydrate d'ammoniaque, fournit un très-léger précipité qui colora très-faiblement en vert émeraude une perle de borax. Il y avait donc une trace à peine sensible de chrome.

Le liquide séparé par filtration de cette trace de chrome fut évaporé à sec et porté au spectroscope. On y voyait net-tement, sans autre préparation, les raies caractéristiques de la soude, de la potasse, de la lithine, de la chaux et de la strontiane. En cherchant à séparer ces bases l'une de l'autre par les procédés classiques, l'on trouva encore que la ma-gnésie faisait partie de ces sels primitivement dissous par l'alcool.

Il résulte de cette recherche sur le résidu soluble dans l'alcool, que les faits constatés permettent de supposer qu'il existe dans l'eau d'Aulus des quantités notables de chlorure, d'iodure et de nitrate des bases que nous venons de signaler.

2° Partie insoluble (poids 8 kilos 210 grammes).

Cette portion des substances extraites du résidu de 4,000 litres d'eau pesait 8 kilogrammes 210 grammes.

Nous avons fait dessécher complètement dans de grands plats de porcelaine cette masse déjà privée des substances solubles ; après cela, on l'a calcinée assez fortement dans une cornue de grès grossier, qui a été quelques instants tenue au rouge un peu clair. Cette cornue était munie d'un long tube abducteur plongeant dans une solution de potasse, de ma-nière à recueillir tous les gaz qui pourraient se dégager. Pendant la chauffe, il s'est, en effet, manifesté un départ de gaz de la cornue vers le vase à potasse. Une portion était absorbée, mais l'autre s'échappant en bulles à travers la solution, avait une odeur empyreumatique. Après l'opération, nous avons constaté que le liquide potassique renfermait des traces notables d'acide sulfurique et d'acide chlorhydrique.

La cornue ayant été cassée, nous avons retiré le produit calciné. Celui-ci était parfaitement blanc, il n'avait pas bruni, son état pulvérulent s'était maintenu, et il n'était pas adhérent à la cornue.

Il n'était donc plus resté dans la masse chauffée de matière organique. De plus, il n'y avait eu aucune substance saline capable de se fondre sous l'influence de la chaleur.

Cette substance blanche calcinée a été attaquée par de l'eau régale bouillante pendant une journée ; on a évaporé à siccité, et repris par l'acide chlorhydrique peu étendu et bouillant. Les lavages ont été faits d'abord par décantation, puis en jetant sur un grand filtre. Ces lavages ont été continués pendant plusieurs semaines, de manière à obtenir une eau complètement neutre. Il s'était ainsi dissous une certaine quantité de sulfate de chaux.

Examen de la portion soluble dans l'eau régale.

Les eaux de lavages obtenues pendant la séparation de la portion insoluble et de la portion soluble dans l'eau régale, ont été soigneusement concentrées, et l'on y a fait passer un courant d'acide sulfhydrique pendant quatre jours.

Il s'est formé dans le liquide un précipité rouge brun qui n'a pas été abondant. On a laissé reposer pendant vingt-quatre heures encore, puis on a recueilli le précipité sur un filtre, et l'on a conservé le liquide filtré.

Le précipité a été immédiatement traité par une solution de sulfhydrate d'ammoniaque qui l'a noirci en en dissolvant une partie. La portion non dissoute, bien lavée à l'acide sulfhydrique étendu, puis desséchée, a été oxydée par l'acide azotique fumant. On a ensuite évaporé à siccité.

Le résidu ainsi obtenu a été traité par une goutte d'acide sulfurique étendu d'alcool, puis encore évaporé à sec. Ce résidu traité par l'eau et par l'alcool s'est dissous en partie, laissant un résidu blanc. Celui-ci, examiné suivant la méthode des flammes de Bunsen, a fourni les réactions du plomb parfaitement nettes. La portion soluble a été évaporée à sec et examinée par le même procédé.

Les dépôts formés sur la capsule refroidie fournissaient les réactions parfaitement nettes du plomb, qui n'avait pas été séparé par le traitement précédent d'une manière absolument complète. De plus nous déterminions, après l'oxydation du dépôt par le brôme humide, une large auréole carminée au moyen de l'acide iodhydrique fumant. Cette auréole disparaissait sous l'influence du sulfhydrate d'ammoniaque pendant qu'il se formait sur plusieurs points de la capsule des taches noires absolument insolubles dans le sulfhydrate d'ammoniaque, et au milieu desquelles on voyait distinctement à la loupe des globules métalliques brillants, mobiles quand on les frottait avec une barbe de plume, et présentant complètement tous les caractères du mercure étudié d'après cette élégante méthode des flammes.

Dans cette expérience, il restait toujours sur le bâton d'amiante destiné à porter dans la flamme, sous la capsule, la substance à examiner, un résidu non volatil. Celui-ci, passé dans une perle de borax, la colorait en bleu lorsque la perle était maintenue dans la flamme d'oxydation. La coloration bleue disparaissait au contraire dans la flamme de réduction; en ajoutant une trace de chlorure d'étain à la perle et en la rapportant encore dans le feu de réduction, il se manifestait promptement, dans la perle refroidie, une coloration rouge, indice formel du cuivre.

Cette première partie de l'examen nous permet donc de dire déjà que l'eau d'Aulus renferme du plomb, du cuivre et du mercure, suivant toute probabilité.

Nous avons repris, après ces essais, la portion des sulfures métalliques qui s'était dissoute dans le sulfhydrate d'ammoniaque.

La solution traitée par l'acide chlorhydrique a fourni un précipité, qui, recueilli sur un filtre, a été lavé avec soin à l'eau distillée, puis traité sur ce filtre même par une solution de carbonate d'ammoniaque. Ce réactif est passé à travers le filtre très-nettement coloré en jaune, et une portion du précipité ainsi lavé est restée insoluble dans le carbonate alcalin. Ces substances, qui pouvaient être de l'antimoine et de l'étain, ont été mises à part pour être examinées à un autre moment.

La solution colorée en jaune a été traitée par de l'acide chlorhydrique. Quand le carbonate d'ammoniaque a été saturé, il s'est formé un précipité jaune qui, recueilli sur un filtre, lavé et desséché, présentait l'aspect du sulfure d'arsenic. Ce précipité, examiné par la méthode des flammes de Bunsen, a fourni tous les caractères de l'arsenic, dépôt de réduction noir, insoluble dans l'acide nitrique au $\frac{1}{20}$, dépôt d'oxydation blanc, jauni par l'acide iodhydrique fumant, jauni également par l'acide sulfhydrique et par le sulfhydrate d'ammoniaque dans lequel il était complètement et instantanément soluble.

Aux métaux précédents nous pouvons donc ajouter l'arsenic.

Passons maintenant à l'examen du liquide séparé par filtration des sulfures produits par le courant d'acide sulfhydrique prolongé pendant quatre jours.

On a ajouté au liquide d'abord de l'ammoniaque pour saturer l'acide chlorhydrique, ce qui a déjà donné lieu à un précipité noir dont on a augmenté le volume en ajoutant du sulfhydrate d'ammoniaque. Ce précipité était assez abondant. On a fait chauffer notablement le liquide, puis on a laissé refroidir et reposer. Quand le précipité a été réuni dans le fond du vase, on a décanté le liquide surnageant en le passant sur un filtre, et après deux lavages du précipité, à chaud, par décantation, on a tout jeté sur le filtre, où on a encore lavé avec de l'eau légèrement chargée de sulfhydrate d'ammoniaque.

Les sulfures noirs restés sur le filtre ont ensuite été traités par l'acide chlorhydrique au $\frac{1}{10}$ qui a presque tout dissout. Le léger précipité noir resté sur le filtre et non soluble dans l'acide chlorhydrique étendu, ayant été rassemblé dans le fond du filtre au moyen de la pissette, a été desséché. On l'a ensuite détaché du filtre, qu'on a brûlé ; les cendres de ce dernier, réunies aux sulfures détachés et mis dans une capsule de porcelaine, ont été attaqués par l'eau régale. Après dissolution complète de la substance, on a filtré, et dans le liquide parfaitement clair on a précipité par l'ammoniaque le peu de fer qui pouvait exister. L'oxyde de fer ainsi produit, a été jeté dans les eaux de lavage (acide chlorydrique au $\frac{1}{10}$) de la masse des sulfures. Il s'y est dissous. Le liquide séparé de l'oxyde de fer évaporé à sec a fourni un résidu léger qui, mis dans une perle de borax, la colorait nettement en bleu cobalt, cette coloration persistant, soit qu'on mît la perle dans la flamme de réduction, soit qu'elle fût placée dans la flamme d'oxydation. Quand on prolongeait le séjour de cette perle dans la flamme de réduction, sa transparence se troublait notablement en gris noirâtre.

Nous avons conclu de là à la présence du cobalt et du nickel.

La portion des sulfures et des oxydes solubles dans l'acide chlorhydrique au $\frac{1}{10}$ a été traitée par l'acide azotique, et on a fait bouillir le liquide jusqu'à ce que sa couleur soit devenue jaune foncé, ce qui indiquait que les oxydes, réduits à un minimum d'oxydation par le sulfhydrate d'ammoniaque, étaient de nouveau passés à un maximum d'oxydation. La quantité d'acide chlorhydrique contenue dans le liquide étant déjà considérable, et l'ammoniaque en excès que l'on devait ajouter pour précipiter le fer, devant former une suffisante quantité de chlorhydrate d'ammoniaque pour maintenir en solution le manganèse et le zinc, on n'a ajouté, par précaution, qu'une petite quantité de chlorhydrate d'ammoniaque. Après cela, le liquide renfermant les métaux oxydés a été vidé peu à peu dans une solution d'ammoniaque que l'on agitait toujours. Le fer a été ainsi précipité. On l'a jeté sur un filtre où on a longtemps lavé l'oxyde à l'eau bouillante.

Les liquides de la filtration ont été réunis et on les a fait bouillir de manière à chasser l'excès d'ammoniaque, puis on a traité par le sulfhydrate d'ammoniaque, dont la présence a déterminé la formation d'un précipité blanc qui a insensiblement bruni, prenant ainsi l'aspect un peu gris sale.

Ce précipité, jeté sur un filtre et desséché, a bruni plus sensiblement encore. On en a fondu une parcelle avec un peu de nitrate de cobalt, et la coloration verte prise par la masse fondue, a permis de dire que ce précipité renfermait du zinc en abondance. Il est probable également qu'il y avait un peu de manganèse dont la présence devait avoir déterminé, sans doute, la coloration brune de l'oxyde de zinc.

Ajoutons donc aux métaux déjà signalés le manganèse, le zinc et le fer.

L'oxyde de fer, qui avait été recueilli sur le filtre après la précipitation par l'ammoniaque, avait une coloration un peu claire permettant de soupçonner avec lui la présence soit de l'alumine, soit de phosphates terreux.

On a desséché cet oxyde de fer, qui a été ensuite fondu avec un mélange de nitrate de potasse et de carbonate de soude. La masse fondue, reprise par l'eau qui a laissé le fer insoluble, a été soumise à un courant d'acide sulfhydrique, puis on a traité par l'ammoniaque à chaud. Le précipité ainsi formé, recueilli et lavé, s'est laissé presque complètement dissoudre par une petite quantité de lessive de soude bouillante. La portion restée insoluble, bien lavée et passée dans une perle de borax, lui donnait une couleur *tirant* un peu sur le vert émeraude persistant partout dans la flamme.

La présence du chrome était donc probable dans cette portion des résidus.

La solution produite par la lessive de soude traitée par l'acide chlorhydrique d'abord, puis par l'ammoniaque, a fourni un précipité gélatineux qui, desséché et fondu avec un peu de nitrate de cobalt, donnait une masse d'un bleu caractéristique indiquant d'une manière sûre la présence de l'alumine.

L'alumine fait donc partie des substances qui minéralisent l'eau de la source des Trois-Césars.

Examen de la portion insoluble dans l'eau régale

La portion du résidu total insoluble dans l'eau d'abord, dans l'eau régale bouillante ensuite, aurait constitué pour tout chimiste, une masse simplement composée de sulfates alcalino-terreux ou terreux, et de silice. C'est ainsi que généralement on considère la portion des résidus en présence de laquelle nous nous trouvons actuellement. Il faut avouer que la chose semble de prime abord assez naturelle.

L'expérience nous a cependant démontré que c'était presque toujours dans cette portion des résidus provenant de nos analyses que se trouvaient presque tous les métaux.

Il serait difficile que pour quelques-uns il en fût autrement. En effet, la plupart des métaux du groupe du chrome et du fer deviennent insolubles après une calcination prolongée. C'est donc là qu'il faut les chercher. D'autre part, les métaux insolubles dans l'acide chlorhydrique doivent également se trouver soit en totalité, soit en partie dans ce même résidu. Enfin, rien ne nous dit qu'il ne se fait pas entre la silice et les métaux, de même qu'entre les sulfates alcalino-terreux et les métaux, des combinaisons doubles que l'action de l'eau régale ne peut détruire.

C'est donc guidé par les motifs scientifiques que je viens d'invoquer, en même temps que par le simple raisonnement géologique, car les filons de gypse et de baryte renferment de métaux nombreux, et souvent très-nombreux, que j'ai été conduit à examiner avec attention ces résidus, que j'avais toujours vu négliger jusqu'à ce jour par les autres chimistes.

Nous avons cherché à nous débarrasser d'abord, dans l'énorme résidu que nous avions à traiter, du sulfate de chaux. A cet effet, nous avons mis la masse insoluble dans une solution concentrée de carbonate d'ammoniaque à une douce chaleur. L'opération a duré environ un mois. Chaque jour on avait le soin d'agiter plusieurs fois le liquide, de manière à bien mettre en contact le carbonate d'ammoniaque avec le sulfate de chaux. Après ce laps de temps, nous nous sommes aperçus qu'une faible partie de la chaux était seule transformée, et cette opération a été arrêtée. On a filtré le liquide, et la masse insoluble, lavée largement et longtemps à l'eau bouillante, a été desséchée.

On a procédé alors d'une autre manière. La masse totale séchée a été pesée, et on a pris 500 grammes de substance que l'on a mélangée intimement à trois fois son poids de carbonate de soude et de nitrate de potasse. On a cherché à fondre le tout dans un creuset de platine. Mais comme l'opération aurait duré longtemps, vu l'exiguité du creuset de platine que nous employons, nous avons conservé à part les premières portions fondues dans ce creuset et nous avons achevé la fusion dans un creuset en fer de Styrie, ayant le soin après chaque chauffe de vider la portion fondue dans une grande capsule de platine. Lorsque l'opération a été terminée, nous avons traité par l'eau bouillante la masse fondue qui s'est ainsi divisée en deux portions, l'une soluble, l'autre insoluble.

3

1° Portion insoluble.

Elle a été traitée par l'acide chlorhydrique bouillant. On a évaporé à sec, maintenu le résidu à 120 degrés pendant douze heures, puis on l'a repris par l'eau très-fortement acidulée par l'acide chlorhydrique, qui a tout dissous à l'ébullition, moins la silice, et peut-être une portion des métaux réputés insolubles dans l'acide chlorhydrique. On a filtré pour retenir la silice.

Dans le liquide filtré, on a fait passer un courant d'acide sulfhydrique très-prolongé, et l'on a ensuite laissé reposer pendant vingt-quatre heures, après quoi l'on a filtré. On a eu d'un côté les sulfures précipités, de l'autre tous les métaux non précipités par l'acide sulfhydrique. Les sulfures restés sur le filtre ont été mis en digestion dans du sulfure de potassium. Après vingt-quatre heures de séjour, le sulfure de potassium ayant dissous les métaux du groupe de l'arsenic a été reçu dans un flacon, et les eaux de lavage du filtre ont été réunies aux eaux mères. Ce liquide était coloré en brun. Les sulfures restés sur le filtre et non dissous par le sulfure de potassium étaient également brun foncé un peu chamois.

Le liquide a été traité par l'acide chlorhydrique. Il s'est formé un précipité brun chamois qu'on a recueilli sur un filtre. Ce précipité, bien lavé à l'eau distillée, a été mis dans une solution de carbonate d'ammoniaque, dont on l'a séparé par filtration après douze heures de digestion. Le liquide filtré avait une couleur jaune d'or foncé. On a traité par l'acide chlorhydrique ; celui-ci a déterminé l'apparition d'un précipité de sulfure jaune d'arsenic, qu'on a recueilli par filtration et qu'on a conservé. Les sulfures non dissous par le carbonate d'ammoniaque, ont également été mis en réserve.

Nous avons vu que le sulfure de potassium n'avait pas

dissous tous les sulfures avec lesquels on l'avait laissé en contact. Ces sulfures étaient formés par les métaux de la section du cuivre. On les a desséchés, d'abord, puis détachés du filtre pour les faire tomber dans un vase en verre de Bohême ; on leur a joint les cendres du filtre qu'on a brûlé dans un fil de platine, puis on a attaqué le tout à chaud par de l'acide azotique fumant.

Pendant l'incinération du filtre, il s'est produit d'abondantes vapeurs indiquant déjà la présence des métaux volatils.

L'acide azotique fumant a difficilement attaqué ces sulfures. Cependant une portion s'est dissoute en fournissant un liquide vert, pendant qu'il restait une autre portion à l'état de poudre brune, presque noire. A mesure que la solution se concentrait, il se déposait des cristaux blancs laissant supposer la présence du plomb. On a ajouté une goutte d'acide sulfurique et on a évaporé à siccité, puis l'on a repris le résidu avec de l'eau fortement alcoolisée. Ce liquide s'est coloré en vert. On l'a séparé par filtration du résidu insoluble, qu'on a lavé avec de l'eau alcoolisée. Toutes ces eaux de lavages réunies à la liqueur alcoolique mère ont été, avec elle, évaporées à siccité, et le résidu repris par l'eau a été dissous immédiatement. L'addition d'ammoniaque à cette eau a produit un précipité bleu soluble dans un excès de réactif, et le liquide a pris une teinte bleu céleste foncé, caractéristique, annonçant la présence d'une grande quantité de cuivre.

Quant au résidu, insoluble d'abord dans l'acide azotique fumant et concentré, puis dans l'eau alcoolisée, on l'a plusieurs fois lavé avec une solution de potasse chaude. Ce résidu avait une coloration blanc grisâtre. Le traitement par la potasse l'a fait immédiatement noircir, pendant que la substance blanche qui donnait primitivement la couleur grise se dissolvait dans le liquide potassique. On a jeté le tout sur un filtre de petite dimension et l'on a lavé avec de l'eau distillée bouillie et chaude.

Le résidu insoluble resté sur le filtre a été immédiatement essayé par la méthode des flammes de Bunsen. On porta une parcelle de ce résidu avec le petit bâton d'amiante, sous la capsule vernie et refroidie, dans la flamme de réduction. Il se produisit immédiatement sur la capsule un dépôt gris, à peine visible, disséminé. Ce dépôt, oxydé par le brôme humide et mis dans de la vapeur d'acide iodhydrique, prit une coloration jaune avec quelques points carminés, il y avait en même temps une auréole carminée disséminée sur le fond de la capsule. En rapprochant alors la capsule de vapeurs de sulfhydrate d'ammoniaque, on voyait l'auréole carminée disparaître partout où ces vapeurs touchaient la capsule, et il se produisit une masse de points noirs insolubles dans le sulfhydrate d'ammoniaque. Au milieu de chacun de ces points noirs l'on distinguait très-nettement à la loupe un ou deux globules métalliques, brillants, que l'on divisait facilement avec un fil de platine très-fin, et qui avaient complètement l'apparence de globules de mercure.

Pendant que le sulfure que nous venons de décrire était porté avec le bâton d'amiante dans la flamme de réduction, au-dessus de la capsule, il fut facile de voir qu'à peine la substance se trouva chauffée au rouge, elle changea instantanément d'aspect, de noire elle devint blanche ; et même à l'œil nu l'on pouvait facilement reconnaître que c'était un métal blanc d'argent qui s'était manifesté. En regardant à la loupe, l'apparence métallique était indiscutable et l'on voyait distinctement que ce métal était spongieux. Nous recueillîmes immédiatement cette substance que nous traitâmes par l'acide azotique fumant. Elle fut promptement dissoute, et il se produisit pendant l'opération des vapeurs rutilantes.

Le liquide ainsi obtenu fut évaporé à sec et donna lieu à la production d'un résidu cristallin, ressemblant tout-à-fait à du nitrate d'argent. Ce résidu se dissolvait rapidement dans l'eau ; l'acide chlorhydrique y produisait un précipité blanc, cailleboté, qu'un excès d'ammoniaque dissolvait. En ajoutant de l'acide nitrique à la solution ammoniacale, on faisait reparaître le précipité blanc, cailleboté, qui brunissait à la lumière. Le chromate de potasse déterminait également un précipité rouge caractéristique dans la solution de ce nitrate. Enfin, la potasse y formait un précipité brun.

Il n'y avait pas de doute possible : le métal spongieux, débarrassé du mercure par volatilisation et ayant subi cette réduction, était de l'argent.

Nous pouvons donc ajouter aux métaux déjà signalés : le cuivre, le plomb, l'argent et le mercure, ainsi que l'arsenic.

Les sulfures qui nous avaient fourni l'argent et le mercure ayant été repris par l'eau régale, ont été dissous en partie seulement, car le chlorure d'argent formé était presque tout précipité. Il y en avait cependant encore une petite quantité en solution dans le liquide acide. Pour l'en débarrasser complètement, nous avons évaporé lentement à sec, puis repris par l'eau. Une petite quantité de chlorure d'argent est restée insoluble, et dans le liquide filtré nous avons précipité le peu de mercure qui y existait au moyen de l'acide sulfhydrique. On a conservé sur deux petits filtres le sulfure de mercure ainsi produit.

Au premier abord, on trouvera extraordinaire que l'argent ait pu se trouver, d'après la marche de l'analyse, dans le liquide chlorhydrique que nous avons soumis au courant prolongé d'acide sulfhydrique. Récapitulons, en effet, la série d'opérations que nous avons fait subir au résidu insoluble de la grande évaporation.

On a attaqué ce résidu en le faisant fondre avec du carbonate de soude et du nitrate de potasse. Par cette opération, on a transformé en carbonate de chaux le sulfate de la même base constituant le résidu de l'évaporation ; en même temps, tous les métaux, à peu près oxydés par le nitrate de potasse, étaient transformés en carbonates, et il se formait du sulfate de soude. Par la filtration et par les lavages, on s'est débarrassé du sulfate de soude et de tous les sels solubles, tandis que le filtre a arrêté tous les carbonates de chaux, de strontiane, etc., et ceux des autres métaux que l'on sait être insolubles dans l'eau.

Quand on a attaqué ces carbonates par l'acide chlorhydrique, on les a transformés en chlorures. Si dans ces carbonates il y avait, comme dans le cas actuel, du carbonate d'argent, celui-ci a dû se transformer également en chlorure, que l'on dit complètement insoluble dans l'acide chlorhydrique. Donc, d'après la théorie classique, ce serait dans la portion insoluble de cette attaque que nous aurions dû retrouver l'argent, et non dans la portion soluble. Aussi la présence de l'argent dans cette partie du liquide doit être expliquée pour que les doutes ne puissent pas planer sur les résultats que nous ont fourni notre consciencieuse analyse.

D'après M. Isidore Pierre (*Journal de Pharm. et de Chim.*, t. XXII, page 237), l'acide chlorhydrique bouillant et fumant peut dissoudre $\frac{1}{200}$ de son poids de chlorure d'argent; et même lorsqu'il est étendu de deux fois son volume d'eau, il en dissout encore $\frac{1}{600}$. Voilà donc déjà un motif pour que nous puissions retrouver l'argent là où nous l'avons retrouvé dans l'analyse. De plus, nous savons que les chlorures alcalino-terreux (et nous avions ici une grande quantité de chlorure de calcium provenant de la décomposition du carbonate de chaux par l'acide chlorhydrique), peuvent, comme les chlorures alcalins, dissoudre le chlorure d'argent. Voilà donc une seconde raison qui explique pourquoi nous avons rencontré l'argent avec les sulfures de cuivre et de mercure.

Un fait que nous ne saurions expliquer est le suivant : C'est que le chlorure d'argent que nous avons obtenu, et qui était parfaitement et complètement soluble dans l'ammoniaque, s'est seulement coloré en gris foncé, par son exposition pendant neuf mois à la lumière.

Nous avons alors procédé à l'examen des sulfures solubles dans le sulfure de potassium, dont nous avions séparé le sulfure d'arsenic au moyen du carbonate d'ammoniaque.

Ces sulfures ont été séchés à 100 degrés, puis on les a détachés soigneusement du filtre qu'on a carbonisé, et l'on a attaqué les sulfures et les cendres du filtre, au moyen de l'acide chlorhydrique. Celui-ci s'est fortement coloré en jaune verdâtre, laissant une portion des substances inattaquées malgré une ébullition prolongée. Les portions insolubles ont été séparées par décantation et lavées de même, puis on les a jetées sur un petit filtre lavé à l'acide chlorhydrique.

Le liquide traité par l'ammoniaque a sensiblement bleui. Il y avait donc du cuivre. On a ajouté ce liquide aux liquides cuivriques existant déjà.

Les portions insolubles dans l'acide chlorhydrique, laissées sur le petit filtre précédent, ont été attaquées avec le filtre par l'eau régale, dans laquelle elles se sont dissoutes sans laisser de résidu. La liqueur avait une couleur jaune d'or. On l'a évaporée à sec, pour chasser l'excès d'eau régale, puis on a dissous le résidu dans l'eau distillée. On a divisé le liquide en deux portions. Dans l'une, du carbonate de potasse n'a produit aucun précipité, même en concentrant. Dans l'autre, le sulfate de protoxyde de fer, à froid, ne donnait aucune réaction ; à chaud, il se formait un précipité brun, mais malgré cela le liquide conservait sa couleur jaune d'or.

Nous n'avons pu pousser plus loin cette recherche, par suite de l'altération involontairement produite de la liqueur et du précipité. C'est regrettable, car elle semblait contenir de l'or.

Passons maintenant à l'examen du liquide que nous avions primitivement séparé des sulfures métalliques produits par le passage du courant d'acide sulfhydrique, dans la solution acide provenant de l'attaque de la partie du résidu insoluble dans l'eau après la fusion avec le carbonate

de soude et le nitrate de potasse. Ce liquide renfermait
encore les métaux de la section du fer, les oxydes du groupe
de l'alumine et du chrome, ainsi que les terres alcalines
et les alcalis.

On a saturé l'acide chlorhydrique par de l'ammoniaque,
puis on a ajouté un excès de sulfhydrate d'ammoniaque et
l'on a légèrement chauffé. Le précipité noir très-abondant,
recueilli sur un filtre, a été lavé à l'eau distillée renfermant
quelques gouttes de sulfhydrate d'ammoniaque, puis on a
dissous ces sulfures dans de l'acide chlorhydrique au $\frac{1}{10}$.
Une portion est restée complètement insoluble sur le filtre.
On lui a fait subir le même traitement que nous avons
indiqué plus haut, et nous avons pu nous assurer que cette
portion insoluble était constituée par du sulfure de cobalt
et du sulfure de nickel.

La solution chlorhydrique a été concentrée par l'ébullition,
puis on a oxydé par l'acide azotique les métaux qu'elle
contenait. Le traitement par l'ammoniaque a précipité le
fer, l'alumine, le chrome, les phosphates, qu'on a séparés
par filtration, et dans le liquide on a constaté des traces de
manganèse et une abondante proportion de zinc retenus
par l'excès de chlorhydrate d'ammoniaque et d'ammoniaque.

Le sulfure de zinc obtenu n'était pas complètement blanc,
il était au contraire blanc sale et brunissait fortement par
la dessiccation. On a repris plusieurs fois ce sulfure par
l'acide chlorhydrique, et l'on a cherché à le débarrasser du
manganèse qui l'accompagnait en oxydant celui-ci au
moyen du brôme, sans pouvoir y arriver. Le sulfure, qui
était blanc sale quand nous l'avons précipité, était complètement blanc après neuf mois de séjour dans l'éprouvette
où nous l'avions enfermé.

Le précipité obtenu par l'ammoniaque, et qu'on avait
séparé du liquide renfermant le zinc et le manganèse, avait
été retenu sur un filtre. Ce précipité fut traité à chaud
pendant une demi-heure au moins par de la potasse à

l'alcool. L'oxyde de fer se fonça considérablement, et le précipité total diminua sensiblement de volume. On jeta sur un filtre et le liquide que l'on obtint passa très-légèrement coloré en jaune. Craignant que la potasse ne fût pas pure et ne contînt un peu d'alumine, nous précipitâmes de nouveau en faisant passer un courant d'acide sulfhydrique. Nous obtînmes un précipité blanc avec une légère apparence verte. On le mit de côté pour le joindre à d'autres précipités du même ordre que nous savions devoir obtenir plus tard dans une autre partie de l'analyse.

Nous conservâmes également à part le précipité d'oxyde de fer traité par la potasse, afin de l'examiner avec les prochains précipités de même nature.

Nous négligeâmes de séparer, pour le moment, l'acide phosphorique qui accompagnait l'oxyde de fer, mais dont nous constatâmes cependant la présence en en réduisant une parcelle à l'état d'hydrogène phosphoré, et en en traitant une autre parcelle, dissoute dans l'acide azotique, au moyen du molybdate d'ammoniaque.

Le liquide qu'on avait séparé par filtration des sulfures obtenus par le sulfhydrate d'ammoniaque, renfermait la chaux. On évapora ce liquide en lui ajoutant de l'acide sulfurique, et par l'évaporation à siccité on eut du sulfate de chaux qui fut débarrassé par sublimation des sels ammoniacaux.

Ayant le projet de conserver toute la chaux à l'état de sulfate, nous joignîmes ce sulfate de chaux à celui que nous avions déjà recueilli.

2° Portion soluble.

On l'a traitée par l'acide chlorhydrique en excès, et lorsque tout l'acide carbonique a été chassé, on a évaporé à siccité, de manière à rendre la silice insoluble en chauffant à 110 degrés pendant une journée. Le résidu, repris par l'eau fortement

acidulée par l'acide chlorhydrique , a fourni une silice
un peu brune et que nous avons soupçonné devoir être
accompagnée des métaux. On a de nouveau lavé cette
silice à plusieurs reprises avec de l'acide chlorhydrique
étendu, et elle a fini par devenir blanche. Les liquides
chlorhydriques ont été joints à la liqueur chlorhydrique
mère.

On a fait passer à chaud (40° environ) un courant d'acide
sulfhydrique pendant vingt-quatre heures. Les sulfures
bruns obtenus ont été séparés du liquide et retenus sur un
filtre ; on les y a largement lavés à l'eau distillée chargée
d'acide sulfhydrique. Puis on les a mis en digestion dans le
sulfhydrate d'ammoniaque. On a ainsi séparé les sulfures
du groupe de l'arsenic des sulfures du groupe du cuivre.

Les premiers, en solution dans le sulfhydrate, ont été
traités par l'acide chlorhydrique qui les a précipités. Jetés
sur un filtre et lavés à l'eau distillée bouillie et chaude, ils
ont été mis en· digestion dans une solution de carbonate
d'ammoniaque qui a dissous du sulfure d'arsenic. Les autres
sulfures ont été mis en réserve. L'arsenic, précipité à l'état
de sulfure par l'addition d'acide chlorhydrique à la solution
de carbonate d'ammoniaque, a été conservé sur un filtre.

Les seconds sulfures non dissous par le sulfhydrate d'ammoniaque ont été lavés à l'acide sulfhydrique, puis on les
a séchés et on les a oxydés, en même temps que le filtre,
en attaquant par l'acide azotique fumant. L'examen du
liquide, fait suivant les procédés déjà décrits, a fourni des
résultats indiquant que ces sulfures étaient un mélange de
sulfure de cuivre, de sulfure de plomb (très-petite quantité),
de sulfure de mercure (sensible).

Le liquide chlorhydrique, séparé des sulfures formés par
l'acide sulfhydrique, a été chauffé dans une grande capsule
et on a ajouté de l'ammoniaque d'abord, puis du sulfhydrate
d'ammoniaque. Il s'est produit un précipité noir qu'on a
laissé déposer au fond de la capsule, puis on a décanté, et

finalement on a jeté le précipité sur un filtre où il a été lavé avec de l'eau chargée de sulfhydrate d'ammoniaque. Ce précipité, traité par l'acide chlorhydrique au $\frac{1}{10}$, s'est dissous presque en entier, laissant une très-petite quantité de substance noire non attaquée. On s'est assuré que, suivant les procédés déjà décrits, cette substance noire était du sulfure de cobalt.

Le liquide chlorhydrique obtenu a été chauffé, traité par l'acide azotique pour porter tous les métaux dissous à leur maximum d'oxydation, puis on a versé la solution dans une solution d'ammoniaque qui a précipité le fer, le chrome, l'alumine, les phosphates, etc., laissant en solution le manganèse et le zinc, grâce au chlorhydrate d'ammoniaque formé par l'ammoniaque en présence de l'acide chlorhydrique de la liqueur, et à l'excès d'ammoniaque. Le précipité a été séparé du liquide par filtration, et dans ce dernier on a constaté la présence du zinc et du manganèse en suivant les procédés qualitatifs déjà décrits.

Le précipité, traité par la potasse pure, a été en partie dissous, et la portion non dissoute, formée par de l'oxyde de fer principalement, a sensiblement bruni. On a filtré, le précipité retenu a été bien lavé à l'eau distillée bouillante, et l'on a fait passer dans le liquide un courant d'acide sulfhydrique qui a déterminé la formation d'un précipité gris-verdâtre, provenant sans doute de la présence d'une certaine quantité d'alumine et d'une quantité notable de chrome. Ce précipité, recueilli sur un filtre, a été accidentellement perdu et nous n'avons pu faire la séparation des deux oxydes (1).

Quant à l'oxyde de fer, séparé du liquide qui nous avait fourni l'alumine et le chrome, on l'a réuni à l'oxyde de fer

---

(1) Nous avions pu cependant y constater la présence du chrome par la perle de borax

déjà retrouvé dans la partie insoluble décrite au chapitre précédent.

Si l'on n'a pas perdu la mémoire de ce qui a été dit plus haut au sujet des sulfures accompagnant le sulfure d'arsenic après les divers traitements par l'acide sulfhydrique, l'on se rappellera que ces sulfures, séparés de celui de l'arsenic, avaient été mis à part pour être examinés en temps convénable.

Nous n'avions sur ces filtres qu'une très-faible quantité de substance. Les procédés les plus simples et les plus courts pour nous permettre d'arriver à la connaissance des substances ainsi conservées, étaient le procédé des flammes de Bunsen et l'examen par la perle de borax.

Nous avons porté une parcelle de la substance, sur un bâton d'amiante dans la flamme de réduction, au-dessous d'une capsule vernie refroidie par l'eau. Il s'est formé sur la capsule un dépôt noir, insoluble dans l'acide azotique au $\frac{1}{20}$. Une nouvelle parcelle de substance, portée dans la flamme d'oxydation sous la capsule, a donné un dépôt blanc que l'acide iodhydrique fumant a coloré partie en orangé-rouge, partie en brun-noir. Le même dépôt, porté au-dessus de l'acide sulfhydrique, se colorait en rouge-orangé et la portion noire restait brun-noir.

Il était facile en même temps de voir dans la flamme une coloration d'un vert rappelant, non pas celui que le cuivre donne à la flamme, mais celui qui lui est communiqué par le tellure.

Comme d'un côté la substance volatilisée donnait des dépôts noirs avec les dépôts rouge-orangé de l'antimoine (iodure et sulfure), rapportables au tellure, nous avons pensé qu'il y avait probablement dans ces dépôts des traces de tellure.

La substance placée sur le bâton d'amiante ne s'était pas complètement volatilisée dans l'examen par la méthode des flammes. Nous fîmes passer cette portion non volatilisée dans une perle de borax qui ne fut pas colorée. Nous préparâmes alors une nouvelle perle de borax avec un peu de sulfate de cuivre, et nous ajoutâmes à ce sel une petite quantité de la substance du filtre. La perle, fondue et portée dans la flamme de réduction, sembla se colorer légèrement en rouge, ce qui indiquait que la substance introduite était de l'étain.

Ce qui restait de substance sur le filtre fut traité par l'acide chlorhydrique d'abord, puis par l'eau régale. La solution, évaporée à sec, ne bleuit pas sous l'influence d'une goutte d'ammoniaque. Il n'y avait donc pas de cuivre.

La solution ainsi traitée fut chauffée suffisamment pour chasser l'excès d'ammoniaque. On reprit de nouveau le précipité par l'acide chlorhydrique, on évapora presque à siccité et l'on reprit par quelques gouttes d'eau. Dans le liquide on ajouta un peu d'acide tartrique, on divisa en deux portions. Dans la première on ajouta un fragment d'étain sur lequel se déposa en poudre noire de l'antimoine que l'on caractérisa par les flammes. Dans la seconde, l'addition d'un peu de potasse détermina par l'ébullition la formation d'un très-léger précipité noir qui pouvait bien être de l'étain, cependant nous ne pûmes le caractériser, il n'y en avait pas assez.

Ainsi les opérations que nous venons de décrire nous permettent de dire qu'il y avait de l'antimoine et probablement des traces d'étain et de tellure ? dans l'eau d'Aulus soumise à notre analyse.

La strontiane et la baryte avaient déjà été constatées avec un grand soin dans les analyses antérieures. Nous avons recherché ces deux substances sur 4 litres d'eau seulement, en précipitant à la fois chaux, baryte et strontiane, et faisant la recherche de la baryte et de la strontiane par le procédé suivant :

Les oxalates, transformés en carbonates par la calcination, ont été traités par l'acide nitrique. Les nitrates, évaporés à sec, ont été traités par l'alcool qui a dissous celui de chaux laissant les deux autres insolubles. Ces deux nitrates, transformés en chlorures en les chauffant avec de l'acide chlorhydrique, ont été évaporés à sec et traités par l'alcool qui a dissous le chlorure de strontium laissant le chlorure de baryum insoluble. L'examen de ces deux chlorures au spectroscope a permis d'affirmer, sans hésitation, la présence dans l'eau d'Aulus de la strontiane et de la baryte, comme d'ailleurs dans nos analyses précédentes nous les avions constatées.

La marche suivie dans les recherches précédentes nous a permis de constater, ainsi que l'on peut s'en assurer par la lecture attentive de notre analyse qualitative, les acides carbonique, sulfurique, phosphorique, nitrique et silicique, ainsi que le chlore et l'iode.

Nous pouvons donc résumer notre analyse qualitative en disant que l'eau de la source des Trois Césars renferme :

1º *Acides* : Acides carbonique, sulfurique, phosphorique, nitrique, silicique, chlorhydrique, iodhydrique.

2º *Bases alcalines* : Soude, potasse et lithine (1), ainsi que l'ammoniaque.

3º *Bases alcalino-terreuses* : Chaux, strontiane, baryte, magnésie.

4º *Oxydes du* 3ᵐᵉ *groupe* : Alumine et chrome.

5º *Métaux du* 4ᵐᵉ *groupe* : Fer, manganèse, zinc, cobalt, nickel.

6º *Métaux du* 5ᵐᵉ *groupe* : Cuivre, plomb, argent, mercure.

---

(1) Le rubidium, signalé dans une analyse antérieure, est absent ici ; l'analyse a été faite sur l'eau dans des conditions d'aménagement différentes que dans mes premiers essais.

7° *Métaux du* 6me *groupe* (1) : Etain, tellure (2), antimoine, arsenic.

8° Matière organique.

Toutes ces substances extraites par nous des eaux d'Aulus ont été mises dans notre vitrine de l'Exposition universelle, ainsi que dans celle de la Compagnie des eaux d'Aulus. Cette dernière a désiré que les flacons exposés soient déposés dans le musée de l'Ecole centrale des Arts et Manufactures. Nous y avons consenti avec le plus grand plaisir.

Dans cette collection se trouve un flacon renfermant environ 4 kilos du résidu insoluble dans l'acide chlorhydrique et dans l'eau régale, que nous avons fondu avec le nitrate de potasse et le carbonate de soude pour en extraire les métaux. Je serais très-heureux qu'un autre chimiste veuille bien entreprendre l'étude de ce résidu en suivant les procédés que je viens de décrire. Le chimiste consciencieux qui voudrait se livrer à l'analyse de ce résidu, pourrait demander directement à la Compagnie propriétaire, de lui procurer de l'eau de ses sources pour obtenir directement par lui-même un résidu semblable à celui que j'ai exposé et dont j'ai décrit la composition. Il résulterait de cette étude comparative une vérification affirmative de tous les résultats que j'ai avancés.

Si pareil travail était entrepris, je me mettrais avec empressement à la disposition de celui qui voudrait contrôler d'une manière sérieuse et réellement consciencieuse les faits avancés. Je lui montrerais une série de réactions obte-

---

(1) Par prudence, je ne donne pas l'or et le platine comme faisant partie des métaux entrant dans la composition de cette eau, mais on devra dans une autre analyse sérieuse faire leur recherche.

(2) Nous devons dire que la présence du tellure et de l'étain doit être donnée comme très-probable, mais non comme absolument sûre. Dans les analyses antérieures, surtout dans la première, la présence de ces substances était sûre.

nues dans le cours de mon étude, réactions indiquant des faits inattendus, que je ne veux publier en détail qu'après les avoir constatés de nouveau sur des résidus d'eaux minérales semblables à ceux que laissent les eaux d'Aulus.

Pour moi, la science peut et doit être considérée par ceux qui l'aiment réellement, non comme un sujet de discorde entre savants consciencieux, mais comme un sujet d'union d'idées, d'union de forces intellectuelles, d'où peuvent sortir de grandes découvertes utiles à l'humanité. A ce titre, j'appelle à la vérification des faits que j'ai avancés, et que j'avancerai encore en hydrologie, non pas les esprits mesquins qui se sont donné pour tâche d'annihiler les découvertes qui troublent la conscience de leurs travaux antérieurs, mais les esprits larges qui cherchent la vérité.

Analyse quantitative.

L'analyse quantitative a été faite avec tout le soin et toute la rigueur voulue. Les dosages ont été répétés deux et trois fois, de manière à arriver à des résultats aussi exacts que possible.

Nous allons décrire les procédés suivis :

1° Acide carbonique : A. Acide carbonique total.

Nous avons traité 5 litres d'eau séparément dans cinq flacons différents, et à la source même, par une solution concentrée de potasse pure non carbonatée. Nous avons ainsi fixé l'acide carbonique libre que pouvait renfermer l'eau minérale. Ces flacons, parfaitement bouchés, ont été transportés au laboratoire. On les a traités par du chlorure de baryum, et après une forte agitation, on a laissé les liquides devenir parfaitement limpides. On a alors décanté avec le plus grand soin et avec le plus de rapidité possible le liquide surnageant le précipité. Celui-ci a été lavé dans le flacon même à plusieurs reprises avec de l'eau distillée bouillie, et toujours par décantation. On a enfin jeté le précipité sur un filtre où on l'a encore lavé à l'eau distillée bouillie et chaude; celle-ci passait neutre. Ce filtre, renfermant le précipité, a été mis dans un flacon avec une petite quantité d'eau distillée; on l'a vigoureusement agité de manière à le mettre en suspension dans le liquide, puis on a ajouté de la teinture de tournesol, et l'on a traité par un excès d'acide étendu et titré. On a ensuite saturé l'excès d'acide par de la potasse titrée de manière à saturer exactement l'acide en excès. De la quantité d'acide et de potasse employés, on a pu conclure à la quantité de carbonate de baryte saturé, et de là à la quantité d'acide carbonique.

Nous avons ainsi vu qu'un litre d'eau renfermait 0^{gr},1055 d'acide carbonique total.

B. Acide carbonique combiné.

On a précipité directement dans l'eau l'acide carbonique combiné, au moyen du chlorure de baryum. Le précipité, recueilli sur un filtre, a été lavé et traité comme le précédent par l'acide chlorhydrique titré. On a ainsi calculé qu'il y avait dans l'eau 0^{gr},0034 d'acide carbonique combiné.

C. Acide carbonique libre.

La différence entre l'acide carbonique total et l'acide carbonique combiné a donné l'acide carbonique libre. Il y en avait 0^{gr},1021.

2° Acide sulfurique.

Un litre d'eau a été concentré et puis acidulé par l'acide chlorhydrique. On l'a traité alors par du chlorure de baryum, à chaud, et le précipité formé, recueilli sur un filtre, calciné

4

et lavé suivant les indications de Frézénius avec de l'acide chlorhydrique, a été pesé. Du poids du sulfate de baryte ainsi préparé et pur, on a calculé qu'il y avait 1gr,2788 d'acide sulfurique par litre d'eau.

3° Acide nitrique.

On a concentré 2 litres d'eau, on les a séparés par filtration du précipité formé. La partie liquide, mise dans un tube et traitée d'après le procédé de Boussingault par l'acide chlorhydrique pur, en présence de sulfate d'indigo parfaitement pur, a permis de constater par la décoloration du sel d'indigo d'abord, puis par l'apparition constante de la couleur vert chrome de ce sel, qu'il y avait des quantités notables d'acide azotique, trop faibles, cependant, pour être dosées d'une manière exacte.

4° Chlore.

On a traité directement 10 litres d'eau par du nitrate d'argent, après avoir acidulé cette eau avec de l'acide azotique. L'on a mis le liquide, après l'avoir bien agité, à reposer à l'abri de la lumière pour laisser déposer le chlorure formé, puis on a décanté, et le chlorure d'argent, recueilli sur un filtre à l'abri de la lumière, a été lavé, séché et détaché du filtre, pour être fondu et pesé dans un creuset de porcelaine. On a incinéré le filtre séparément et les cendres ont été pesées à part. Avec leur poids on a calculé la quantité d'argent qu'elles renfermaient à l'état métallique, puis on a calculé le poids correspondant de chlorure d'argent. Le chlorure d'argent détaché du filtre a été fondu et pesé. En joignant son poids à celui du chlorure d'argent calculé par l'argent, on a eu un poids total qui a permis de voir que le poids du chlore correspondant à un litre d'eau était 0gr,0015.

5° Alcalis.

On a fait concentrer 20 litres d'eau jusqu'à 2 litres, puis on a traité par le baryte de manière à tout précipiter moins les alcalis. On a filtré ; le liquide limpide obtenu, joint avec les eaux de lavage du précipité barytique, a été concentré, filtré, traité par le carbonate d'ammoniaque, jeté sur un filtre qui a retenu le carbonate de baryte. Ce précipité a été lavé à l'eau bouillante à plusieurs reprises. On a concentré le liquide dans une capsule de porcelaine, puis on a achevé la concentration, dans une capsule de platine, avec addition d'acide chlorhydrique, où l'on a fait dessécher le résidu avant de le chauffer fortement pour chasser les sels ammoniacaux. On a fondu au rouge cette masse desséchée. Après cela, on a repris ces chlorures par l'eau distillée. Ils se sont dissous, laissant une petite quantité de substance insoluble. On a filtré, puis fait encore évaporer les liquides de la filtration de manière à obtenir un résidu salin qu'on a encore fondu dans la capsule de platine. Cette opération étant terminée et la masse fondue ayant été mise à refroidir à l'abri de l'humidité, on a pesé la capsule avec la masse saline. Le poids de la capsule étant connu, on a pu savoir le poids total des sels fondus. Ceux-ci, constitués par du chlorure de sodium et du chlorure de potassium, ont été dissous dans l'eau distillée, puis mélangés à un excès de chlorure de platine et enfin évaporés à siccité. Les chloroplatinates de soude et de potasse ainsi formés, repris par un mélange d'alcool et d'éther, ne se sont pas complètement dissous. Seul, le chloroplatinate de potasse est resté insoluble. On l'a pesé sur un filtre taré, et de son poids on a pu calculer celui de la potasse correspondante, et par conséquent on a pu en conclure la quantité de chlorure de potassium que représentait cette potasse.

Ayant le poids des chlorures de sodium et de potassium

réunis, nous avons pu calculer la quantité de soude de ces chlorures.

Nous avons ainsi pu savoir qu'il y avait par litre d'eau 0^{gr},0031 de soude, et 0^{gr},0027 de potasse.

Le chloroplatinate de potasse nous a permis de constater qu'il n'y avait pas de cæsium ni rubidium.

6° Ammoniaque.

Nous avons dosé l'ammoniaque en distillant un litre d'eau d'après le procédé Boussingault, et en dosant l'ammoniaque dans le deuxième liquide distillé, au moyen d'une solution titrée d'eau de chaux et d'acide sulfurique.

Il y avait par litre 0^{gr},0001 d'ammoniaque.

7° Chaux, Strontiane et Baryte.

Nous avons pesé ensemble ces trois bases alcalino-terreuses. Un litre d'eau a été traité par le chlorhydrate d'ammoniaque et l'ammoniaque, puis par un bon excès d'oxalate d'ammoniaque. On a laissé reposer pendant douze heures après avoir chauffé. On a ensuite recueilli le précipité sur un filtre où on l'a lavé à l'eau distillée chaude ; le précipité obtenu a été séché, puis fortement calciné dans le fourneau Leclerc avec la soufflerie, pendant vingt minutes. On a pesé une première fois, et on a rapporté le creuset de platine et le précipité au fourneau Leclerc. Après une seconde chauffe, le poids du creuset ne changeant pas, on a calculé le poids de la chaux, en retranchant du poids total le poids du creuset taré d'avance.

Mais comme l'on avait supposé que le poids des métaux contenus dans l'eau, et précipités par l'oxalate d'ammoniaque, pouvait faire varier le poids de la chaux de son poids réel, on a dissous cette chaux dans l'acide chlorhydrique et l'on a traité le liquide par l'acide sulfhydrique à chaud.

Le précipité obtenu a été séparé par filtration, et le liquide nouveau traité par l'ammoniaque de manière à saturer exactement l'acide chlorhydrique, puis on a traité à chaud par l'ammoniaque et le sulfhydrate d'ammoniaque. Il s'est formé un léger précipité brun qu'on a séparé du liquide par filtration, et l'on a de nouveau précipité la chaux par l'oxalate d'ammoniaque. Cet oxalate a été calciné au fourneau Leclerc, comme précédemment, et par la pesée on a pu avoir le poids exact de cette chaux. Il était de 0gr,8332, représentant à la fois : chaux, strontiane et baryte.

Il est certain que le précipité formé par le sulfhydrate d'ammoniaque doit contenir une trace de chaux provenant de la précipitation d'une trace de phosphate de chaux, à cause de la présence d'une trace d'acide phosphorique. Donc la pesée de la chaux doit être un peu trop faible. Mais comme dans le premier précipité nous avions en plus, comptés comme chaux, les métaux précipités actuellement par l'acide sulfhydrique et par le sulfhydrate d'ammoniaque, la première pesée était trop forte de beaucoup.

Nous considérons donc le poids de la chaux, tel que nous le donnons, comme se rapprochant infiniment plus de la vérité que lorsque nous le donnions sans avoir procédé à la seconde précipitation.

8° Magnésie.

Le liquide séparé de l'oxalate de chaux dans la première précipitation avait été conservé. On ajouta un peu d'ammoniaque et un bon excès de phosphate d'ammoniaque. Après vingt-quatre heures, il s'était formé un précipité cristallin de phosphate ammoniaco-magnésien que l'on recueillit sur un filtre où il fut lavé à l'eau ammoniacale d'abord, puis à l'ammoniaque bouillante. On le sécha; il fut incinéré et pesé. Du poids de ce précipité, nous pûmes calculer qu'il y avait 0gr,0749 de magnésie par litre d'eau.

9° Fer et Manganèse.

Les dosages du fer et du manganèse ont été faits sur 20 litres d'eau. On a évaporé à sec ces 20 litres d'eau, et on a fondu le résidu avec du nitrate de potasse et du carbonate de soude. Le produit de la fusion, insoluble dans l'eau, fut attaqué par l'acide chlorhydrique. On évapora à sec pour rendre insoluble la silice non dissoute dans la fusion, et l'on reprit par l'eau acidulée par l'acide chlorhydrique. On filtra, puis on fit passer un courant d'acide sulfhydrique dans le liquide. Le précipité ainsi formé fut recueilli sur un filtre, mis en digestion dans le sulfhydrate d'ammoniaque, et le liquide filtré fut traité par l'ammoniaque et le sulfhydrate d'ammoniaque. Après qu'on eut chauffé pendant quelques instants le liquide, on le filtra. Les sulfures reçus sur un filtre furent dissous dans l'acide chlorhydrique et on les oxyda par l'acide nitrique à chaud, puis ayant ajouté du chlorhydrate d'ammoniaque, on versa le liquide dans une solution d'ammoniaque maintenue en agitation. Le précipité qui fut ainsi formé se rassembla peu à peu dans le fond du vase, et on le jeta alors sur un filtre où on le lava à l'eau bouillante. Les eaux de lavage furent réunies aux eaux mères, pendant que le précipité ocreux fut porté à l'étuve.

Dans le liquide ainsi séparé on fit passer un courant d'acide sulfhydrique qui fournit un précipité rose brun, on le recueillit sur un filtre ; lavé à l'eau distillée, il fut mis à l'étuve et desséché.

On brûla séparément chacun de ces deux filtres précédents, et du poids des cendres obtenues on calcula qu'il y avait $0^{gr},0023$ de fer et $0^{gr},00002$ de manganèse.

Ces poids ne sont pas l'expression exacte de la vérité, mais il nous importait de les calculer d'après des opérations semblables à celles qui avaient servi à ces mêmes dosages dans les précédentes analyses.

10° Plomb et arsenic.

Le précipité obtenu par l'acide sulfhydrique dans le cours de l'opération précédente avait été mis en digestion dans du sulfhydrate d'ammoniaque. Nous séparâmes par filtration le liquide du faible précipité. Appelons le liquide, liquide *a*, et le filtre, filtre *b*.

Le liquide *a* fut traité par l'acide chlorhydrique, qui détermina la formation d'un précipité brun jaunâtre. Ce précipité, recueilli sur un filtre, y fut lavé à l'eau distillée chaude, et puis traité par digestion dans une solution de carbonate d'ammoniaque. Après vingt-quatre heures de séjour, on sépara le liquide de ce précipité fort léger, puis on traita la solution de carbonate d'ammoniaque, légèrement colorée en jaune, par l'acide chlorhydrique. Il se forma un très-léger précipité jaune qui fut recueilli sur un filtre taré ; on le lava, le dessécha, puis il fut pesé.

Nous pûmes ainsi juger, d'après le poids de ce sulfure d'arsenic, qu'il y avait à peu près 0^{gr},000022 d'arsenic par litre.

Le filtre *b*, ayant été desséché, fut mis dans un petit verre de Bohême avec de l'acide azotique fumant. Quand il fut, ainsi que les sulfures qu'il contenait, parfaitement oxydé, on évapora à sec en ajoutant une goutte d'acide sulfurique. Puis on reprit par l'alcool qui laissa sans le dissoudre un résidu à peu près blanc. Ce résidu, mis sur un filtre taré, fut pesé et considéré comme sulfate de plomb.

Nous calculâmes d'après lui qu'il devait y avoir à peu près 0^{gr},00015 de plomb par litre d'eau.

Nous ne saurions donner ces derniers nombres, appliqués aux dosages du fer, du manganèse, du plomb et de l'arsenic, comme des nombres parfaitement exacts. Ils expriment à peu près la teneur de l'eau en chacun de ces métaux. Nous croyons néanmoins qu'ils ne peuvent de beaucoup s'écarter de la vérité.

Résumant maintenant l'ensemble des résultats quantitatifs et qualitatifs que nous venons d'indiquer, nous dirons que l'on peut considérer un litre d'eau des Trois Césars comme renfermant les éléments suivants :

Acide carbonique libre..............	Gr, 1021
Acide carbonique fixe...............	0, 0034
Acide sulfurique...................	1, 2788
Acide phosphorique................	traces
Acide nitrique....................	traces
Acide silicique....................	0, 0148
Chlore	0, 0015
Iode..............................	traces
Soude.............................	0, 0031
Potasse...........................	0, 0027
Lithine...........................	traces
Ammoniaque.......................	0, 0001
Chaux, strontiane, baryte...........	0, 8332
Magnésie..........................	0, 0749
Alumine	traces nettes
Chrome............................	traces
Fer...............................	0, 0023
Manganèse........................	0, 00002
Zinc	abondant
Cobalt et nickel	très-net
Cuivre et argent...................	abondants
Mercure...........................	très-net
Plomb	0, 00015
Arsenic	0, 000022
Etain et tellure....................	traces très-faibles
Antimoine.........................	traces?
Matière organique (1)..............	0, 0148
	2, 334192

(1) Son dosage a été fait par calcination sur le résidu d'un litre d'eau.

Comparons le poids du nombre obtenu par l'addition des nombres divers fournis par l'analyse (2^{gr},334), aux nombres exprimant le poids total du résidu salin contenu dans un litre d'eau de la source des Trois Césars.

Nous avons pesé la totalité des sels laissés par la grande évaporation. Les sels solubles dans l'eau avant le traitement de leur résidu sec par l'alcool pesaient 995 grammes. Les sels insolubles pesaient 8310 grammes. Dans le maniement de ces derniers sels, avant leur pesée, on avait perdu environ 20 grammes de substance. Le poids total de tous les sels réunis dans la grande évaporation était donc de 9325 grammes, c'est-à-dire de 2^{gr},331 par litre.

D'autre part, la pesée d'un litre d'eau nous a indiqué que ce litre d'eau pesait 1002^{gr},339, c'est-à-dire qu'en ne tenant pas compte de la loi des contractions et des dilatations des solutions salines, le poids total des sels contenus dans l'eau, devait être de 2^{gr},339.

Enfin, le résidu salin de ce litre d'eau, pesé et obtenu en faisant évaporer l'eau à 100 degrés, desséchant à 110 degrés et pesant le résidu, peut être considéré comme ayant encore de l'eau d'hydratation. Le poids de ce résidu avec son eau d'hydratation était de 2^{gr},339.

L'on voit combien tous ces nombres 2^{gr},331, 2^{gr},339, 2^{gr},334, se rapprochent les uns des autres et viennent prouver que les résultats doivent se rapprocher beaucoup de la vérité.

CONCLUSIONS

Les eaux d'Aulus sont, ainsi qu'on l'a prouvé ailleurs, d'un grand secours aux malades surtout dans les affections se rattachant à la goutte et à l'herpétisme. Dans les cas de syphilis, elles produisent des résultats qui doivent fixer l'attention des médecins (1).

Avant la monographie chimique que je soumets aujourd'hui au public, l'action des eaux d'Aulus pouvait être un vrai mystère pour les malades et pour les médecins. Je n'ai pas la prétention, par mon travail, de déchirer complètement le voile qui nous cache encore tant de faits curieux et qui nous empêche de saisir à fond le mode d'action de ces eaux. Mais il me semble intéressant de constater que la clinique

---

(1) Mais il est curieux, en outre, de voir les eaux d'Aulus agir comme antisyphilitique, de voir également l'action de ces eaux sur certains malades, pour ainsi dire gorgés de mercure, sans que pour cela ils aient obtenu un résultat satisfaisant pour leur guérison.

J'ai pu observer deux malades, qui, après avoir subi un traitement mercuriel prolongé sans en avoir obtenu de résultat, se sont trouvés pris, sous l'influence de la boisson de l'eau d'Aulus, d'accidents de salivation excessivement sensibles, et rappelant tout-à-fait les accidents de salivation mercurielle.

Ces deux malades, qui sont venus accidentellement me consulter à leur passage à Ax (pour le premier) et à Luchon (pour le second), étaient tous deux atteints d'une syphilis rebelle à tout traitement mercuriel. Ce traitement avait été prolongé pendant quatre mois chez l'un et pendant près de huit mois chez l'autre. Fatigués de voir leur maladie (plaques muqueuses, roséole syphilitique avec douleurs hémicraniennes violentes) se prolonger, malgré leur assiduité à prendre du mercure (liqueur de Van Swieten, et proto-iodure), ils voulurent suivre un traitement par les eaux sulfurées, ce qui les conduisit à ma consultation. Je les engageai tous deux à aller à Aulus, d'abord, puis, après un traitement de un mois dans cette station, ils devaient venir user des bains sulfurés comme pierre de touche.

Le premier malade, après quinze jours d'un traitement consciencieu-

et la chimie ont ici une tendance à se donner la main, et de montrer que malgré l'obscurité qui règne sur la thérapeutique thermale, il ne faut pas perdre l'espoir de voir un jour cette action médicinale des eaux s'expliquer très-bien par la chimie, surtout depuis que le Burquisme est venu augmenter nos ressources cliniques et thérapeutiques.

Pour ce qui est d'Aulus, deux faits restent frappants. D'abord, ces eaux produisent une action des plus salutaires quand on les emploie contre la syphilis. En second lieu, parmi les substances que l'analyse nous a permis d'y décéler (et nous ne craignons pas d'affirmer qu'il y en a d'autres que les moyens scientifiques actuels ne permettent pas d'isoler encore), nous en trouvons trois : le chrome, le mercure et l'argent qui ont été employées ou sont employées même de nos jours comme antisyphylitiques.

Or, nous ne savons pas de quelle façon ces substances

sement suivi par l'eau en boisson, rentra à Ax avec des accidents singuliers, que je voyais pour la première fois se produire dans de semblables conditions. Il s'agissait d'une stomatite franche, avec salivation excessive et goût métallique très-prononcé dans la bouche. Le malade fut mis en traitement par les émollients, le chlorate de potasse et l'iodure de potassium. Les phénomènes qu'il éprouvait furent assez long à céder. Il partit d'Ax en bon état. Malheureusement, je n'ai pu suivre la marche de son affection syphilitique et j'ignore ce qu'elle est devenue.

Le second malade éprouva sous l'influence de l'eau d'Aulus des phénomènes analogues au malade précédent, mais infiniment moins violents. La salivation se déclara pendant l'usage de la boisson de l'eau Darmagnac, et fut assez forte pour impressionner le malade, mais non pour lui faire interrompre le traitement, pendant lequel elle disparut comme elle était venue, sans faire le moindre remède.

L'on sait que le docteur Campardon, vieux médecin de Luchon, avait signalé un cas de salivation avec stomatite produite par l'usage des eaux de Luchon, chez un syphilitique imprégné de mercure. J'ai vu également à Luchon un cas semblable.

Ce n'est pas ici le lieu d'entreprendre la discussion de faits semblables, mais il est intéressant de les signaler à l'attention des médecins.

sont combinées soit les unes aux autres, soit avec celles qu'y décèle encore l'analyse ; nous ignorons donc complètement quelle est la combinaison qui agit sur les malades ; nous ne savons pas s'il faut une faible dose ou une dose élevée de la substance active, dans tel ou tel cas déterminé. Notre analyse nous laisse dans le vague, lorsque nous cherchons à constater si les substances que nous isolons dans une eau sont douées des mêmes propriétés physiques et chimiques que celles qui nous paraissent identiques dans nos laboratoires, et que nous sommes habitués à ne voir que dans un état, pour ainsi dire de mort, tandis que l'eau minérale nous les porte avec une certaine vie.

Il est donc prématuré, pour le moment, de chercher à expliquer l'action de l'eau d'Aulus, tout aussi bien que l'action d'une eau minérale quelconque. Nous connaissons trop peu et trop mal la composition de ces produits fabriqués dans le laboratoire gigantesque de la nature, et avec des moyens d'action tellement différents, par leur puissance, de ceux que nous employons dans nos laboratoires, qu'il serait téméraire de croire à l'identité absolue des lois qui président dans les deux cas aux combinaisons, aux formations et aux propriétés de ces produits, ainsi qu'à l'identité des substances composant ces produits.

Contentons-nous de rapprocher, de comparer, d'ouvrir le chemin à des recherches nouvelles. Là où notre savoir s'arrêtera pour marquer les limites des conclusions actuellement possibles, commencera le champ d'action de nos successeurs. Ils seront appelés à voir plus profondément et à conclure avec plus de chances que nous n'en avons aujourd'hui, pour approcher de plus près la vérité.

Ce nouveau travail analytique, sur lequel j'appelle l'attention et les vérifications des savants calmes et désireux de voir clair dans l'hydrologie, peut être le point de départ d'une phase nouvelle en hydrologie médicale. Je ne le donne pas comme un modèle irréprochable à suivre pour faire une analyse chimique, d'après une méthode arrêtée dans tous ses détails. Il est simplement destiné à mettre au jour par des procédés un peu longs, mais en somme corrects, des faits dont je garantis l'authenticité d'une façon absolue.

Si nous avions à recommencer la même analyse, nous modifierions probablement plusieurs points des méthodes suivies. Les faits imprévus en présence desquels nous nous sommes trouvés, nous ont montré que les eaux riches en sels alcalino-terreux sont infiniment plus difficiles à analyser, d'une manière complète, que les autres, et qu'il faut leur consacrer une méthode spéciale.

Le vrai moyen d'atteindre le but, en chimie hydrologique, n'est pas de procéder toujours de la même manière dans les analyses. Le chimiste doit aussi être géologue et savoir d'avance d'où émane l'eau dont il a à connaître la composition. Etant habitué à déterminer la nature des terrains d'où s'échappe une source, l'âge géologique des failles à travers lesquelles les sources viennent au jour, la nature des filons métallifères qui existent dans les vallées qu'enrichissent les sources minérales, il lui sera facile de combiner d'avance la méthode générale de recherche qu'il devra employer dans tel ou tel cas déterminé, et il pourra, d'avance, présumer les métaux que telle ou telle source devra renfermer.

La vallée d'Aulus est sillonnée de filons de plomb argentifère, de cuivre, de zinc, de roches chromées et magnésiennes, etc.

Il était naturel de chercher dans les sources minérales de la vallée, qui autrefois ont déposé ces métaux et qui les déposent encore, le plomb, l'argent, le chrome, le zinc, etc. Il était tout aussi naturel de les y retrouver, et leur absence seule aurait lieu d'étonner le naturaliste.

Que le médecin hydrologiste devienne donc chimiste et géologue. C'est là une simple affaire de direction d'études et de bonne volonté pour s'astreindre au travail. Il prouvera alors que l'hydrologie est une vraie science qu'il faut faire sortir, par cette voie, du domaine de l'inconnu dans lequel la maintiennent des questions d'amour-propre froissé, des questions d'intrigues personnelles, et, ce qui est pire, des questions d'exploitation pécuniaire qui sont la honte de quelques pseudo-savants.

Les Bordeu, les Pidoux, les Durand-Fardel, les François, les Gubler, les Richelot, les Doyon, etc., nous ont ouvert la voie scientifique de l'hydrologie. Suivons-les-y donc avec l'ardeur et l'honnêteté qui doivent distinguer les vrais savants.

www.ingramcontent.com/pod-product-compliance
Lightning Source LLC
Chambersburg PA
CBHW060820180626
46818CB00002B/888